安忆 六短篇

短篇經典文庫

王安忆 著

海豚出版社

图书在版编目（CIP）数据

安忆六短篇/王安忆著. —北京：海豚出版社，2014.6（2024.4重印）

（短篇经典文库）

ISBN 978-7-5110-2087-1

Ⅰ.①安… Ⅱ.①王… Ⅲ.①短篇小说－小说集－中国－当代 Ⅳ.①I247.7

中国版本图书馆CIP数据核字（2014）第114178号

总发行人：王　磊
策　　划：林建法
责任编辑：张　镛
美术编辑：吴光前
责任印制：蔡　丽

出　　版：海豚出版社
地　　址：北京市西城区百万庄大街24号
邮　　编：100037
电　　话：010-68325006（销售）　010-68996147（总编室）
印　　刷：涿州市荣升新创印刷有限公司
经　　销：全国新华书店及各大网络书店
开　　本：32开（680毫米×950毫米）
印　　张：6.75
字　　数：80千
版　　次：2014年10月第1版，2024年4月第3次印刷
标准书号：ISBN 978-7-5110-2087-1
定　　价：42.00元

版权所有　侵权必究

目 录

1　　阿跷传略
37　　鸠鹊一战
87　　阿芳的灯
99　　闺　中
137　　发廊情话
171　　黑弄堂

阿跷传略

一

都叫他阿跷，真名实姓倒忘了。

他生下来的时候，也是好样儿的，和一切婴儿一样，红红的，皱皱的，四肢很整齐，虽是小，该五个，该一双，分明是一丝不差，哭得也洪亮。

后来得了小儿麻痹症，连日高烧，没死，活过来了，却留下了后遗症：一双腿细细弯弯的，成了外八，虽不拄拐，可走动起来，摆动的幅度却大，叫人看了，又好笑，又吃力。他自己是习惯了，走得又快又熟练，还能跑。跑起来，两臂一旦摆动，手指可以轻松地碰着小臂内侧，颇像鸭子划水，这也是小儿麻痹症给他留下的。

父母总觉得是自己的罪过，对他就抱歉起来，一味地宽容。小小的时候，他和弟弟一并犯下过错，打碎一摞碗盏，弟弟被罚跪在门后搓衣板上，而他则只轻轻地挨了一记"毛栗子"——食指或中指的第一个关节在脑袋上磕击一下，就赦免了，放他出去撒野。和邻居孩子有了争端，无论谁错谁对，一律护着，还说："他是跷脚，他能怎么你？打你，还是踢你？连站都不稳呢！"父母叫他"跷脚"，是当作昵称来用的。他从小听惯了这样的叫法，也觉得自然而亲切，只认为自己的名字本就如此。

邻居们虽也惋惜他，先还让着几分，可是究竟忍不了太多的委屈，渐渐地便有了一些怨言。说起来也是，跷脚总不是众人之过，天下也并非唯独跷脚不幸，别人四肢虽健全，或许也还有别处的伤痛，总不能都对他一个谦让，都让他一个方便，都向他一个赎罪。渐渐地，就对他平等相待起来，逼急了也会说："跷脚，你小心，我不饶你，跷脚！"虽他听惯的叫法，他却也能听出区别，就要翻脸，或是骂："我操你妈的！"或是吐唾沫。人们一边躲着一边笑道："难道叫错了！你不是叫阿跷吗？你爹你娘不都是这么叫你？"他说不出话来，只得悻悻离去。过了半日，却又没事似的走过来，笑盈盈地送给小孩一粒糖，又殷勤地叫："阿娘，饭好了，我帮你开锅盖啊！"人们自然是谢，他则窃喜，原来他在那糖纸里包了一块肥皂，在饭锅里撒了一把粗盐。想象是阿娘急得跳脚，小孩失望得哭，他感到无上的得意和快乐。这么一得意、一快乐，不觉宽大了许多，不再计较人们对他的称谓，却越发地为非作歹。弄到后来，连父母都有些不耐，却改变不了他在家中经久习成的地位。吃饭，唯独他可以把一碗荤菜拖到跟前，凑着菜碗大嚼，无论头上挨多少下竹筷的敲击也不放碗；晚上乘凉，他早早占据藤靠椅，待到父亲用蒲扇拍蚊子那样地拍，才肯出让。

二

上小学那年，正逢"文化大革命"兴起，父母自然是有资格参加"革命"的——父母是工人不说，祖父母也是贫苦人民，是苏北逃难过来的渔民，在闸北用芦席卷起滚地龙栖身，然后才修起了这两间草房。一家七八口，便在这草房里住着，孩子就在阴冷潮湿的泥地上爬着长大。他们不革命谁革命？父亲在"革命"中，结识了一个房管局的战友。一次武斗中，掩护了那战友的撤退，事后，那战友非请父亲吃饭不可，聊表心意。实在推不过，就去了，是在一个极其高级的大饭店里，极尽天下之豪华。吃的喝的，全是叫不上名字的，上的菜，一道两道也数不清爽，杯盘碗盏铮亮，耀得眼花，一整个晚上都像在做梦似的。父亲吃过之后，心里十分不安，总觉得自己所作所为配不上这一番盛情，也想回请。可是又有点惭愧，怕薄了客人。母亲却说："地方是破，坐是要受点儿屈，可是吃，我们不会亏待。再说，总也是一片心啊！"父亲这才下了决心，请了人来。

客人在潮湿阴暗的小屋里吃着酱油味儿很浓的苏北菜：狮子头、红烧蹄膀，不禁动了恻隐之心，他要给父亲弄到一间整齐的房子。他说话是算话的，第三天夜里，就送来了一把钥匙。

于是，在阿跷上小学的那一年，他们全家搬到了最最中心、最最繁华、最最"上海"的淮海中路一条新式弄堂里，一幢双开间房子底层，一间朝南的大房间。房间里，另有一门通向小花园，小花园里有一扇铁门，门栓用粗铅丝牢牢地拴住。当父母兄弟们忙着拖洗地板、安置锅碗瓢盆的时候，他便全力地对付那粗铅丝。他找不到工具，只找到半块砖头，就用砖头砸，用手拗，用牙咬，手上出了血，才把铅丝解开。而门栓已经锈住了，又花了好大的力气，弄了一手一身的黄锈，才拉开门栓，推开了门。铁门沉重地响着，推开了，外面是宽阔平整的弄堂，正对着前排房子的后门。他有些失望，无趣地拉起大门，要退进去，却看见斜对面后门口蹲了一个小孩，白胖得像用面粉揉出来似的，鲜嫩极了，他不觉微笑了一下，想去摸摸，就朝前挪动了步子，不料那孩子忽然站起来，惊叫了一声，跑进门里，后门"砰"地关上了。他目瞪口呆地站着，半晌没回过神来，不明白发生了什么，心里的温情也消退得无影无踪。

然后，他上了学校，有点畏惧。望着那些穿戴颇为齐整的孩子，深觉得闯入了一个不该属于自己的世界，而且不敢贸然吐口，因为怕露出了苏北口音。在原先的地方苏北话是第一语言，若是有非苏北籍的孩子，也必须学会了苏北话，才被接纳。而在这里，大家都说着悦耳的上海话。他觉得自己那么的和人两样，觉得很孤单。下了学，他总是提着书包和语录包,急急地回来。回来也是寂寞。弄堂里,门都关得严紧,很少有孩子在外面玩,偶尔会有一二个露头,也远远的,自己玩着,轻轻地说着,大人一声叫,就不见了。他扫兴得很,可是很快就振作起来。弄堂里传来剧烈的打门声,开进来一支红卫兵。门开了,红卫兵杀进去,他随着也要进,门口却有红卫兵把着。他向他们解释:"我是红五类。"没有人听他,他只得倚在墙上挖着鼻孔。里面传出呵斥声和玻璃器皿的破碎声,惹得他心痒难熬。灵机一动,他往上一跳,抓住垂下来的夹竹桃树枝。然后,双脚对着墙一阵乱刨,上了矮矮的围墙。不料却叫墙上五彩的玻璃片扎了手。"操他妈妈的!"他骂着,终于找着了他应该做的事,折了一根树枝,"啪啪"抽打着玻璃,溅起五彩缤纷的碎片。直到墙头一圈玻璃全都敲光,才丢下树枝,吐了一口长气,心里感到了充实。他骑在墙上,看着里面翻天覆地,感到无穷的快乐。

从此，他便觉得自己本来无需畏缩、无需战战兢兢。再说，上海话他已操纵得较为熟练，他开始渐渐地打入学校和弄堂的生活中去。别人玩，他就站在旁边看，并不站远，时时叫人想起他。他更显露着他所熟悉的而他们所陌生的游戏，吸引着别人。他渴望着和人们在一起，毫不量力地争取着一切和人们在一起的机会。他千方百计捉来蟋蟀给同学们玩，将父母回家来讲的车间里那些粗俗的笑话讲给同学们听，以博得好感。有一次，他居然参加了"捉人"的游戏，而他一跑动起来，周围的人便笑了，笑得蹲到了地上，连路上的行人都站住了看他。他停住了，人们还笑，他继续跑，人们更笑了，有的竟躺到了地上打起滚来。一时间，他不知道怎么办才好，他有点窘，又有点委屈，却忍着，并且和大家一起笑了起来。大家都快乐地笑着，谁也没发现他眼里的泪光。

后来，军训课上，要比赛短跑，就有个调皮同学举手推荐他。哄然大笑。老师怒斥过后忍不住也笑。他便不好有别的表示，只能跟着笑。就有人窃窃私语："他的皮很厚。"军训课以后是政治课，大家回到教室，那个同学要削铅笔，卷笔刀里却牢牢堵着一节蚯蚓，吓了一跳，扔去很远。想想又不甘心，抖着手拾起来交给老师。不料老师比他还胆怯，一甩手，扔了。扔得更加彻底，直扔到窗外。窗外是马路，人来车往，找都没处找。老师以为是那同学恶作剧，那同学又说不清缘由，只得哭了。

放学回来，他欢欣鼓舞地踢着一块石子往家走，不料却听前边一声惊叫，倒把他吓了一跳。抬眼看去，只见两条白藕似的小胖腿，努力交替着向前跑去，他不由紧追而去。那个胖腿交替得更急切了，快又快不了，一下子绊倒在地放声大哭起来。门里走出大人，抱了起来，一边抚慰，一边斥责："你为什么吓唬小孩子？小孩子被你吓出毛病怎么办？"

他这才明白自己的威力，在以后的日子

里，他经常使用这一手段，进行威胁，颇见成效。

三

其时，他的顽劣已使他父母越来越不耐，越来越将本是出于怜悯的一点儿衷心转移到其他健全的孩子身上。他总是不动声色，家里却时常发生奇怪的事情：父亲那本珍贵的《毛泽东选集》袖珍本不见了，待到翻江倒海地找遍之后，却见在枕头下边安详地躺着。母亲那把牛角梳上已经很少的齿子不知不觉地日益少去。与弟弟抢东西吃，弟弟总是抢不赢他，只有哭。哭了，父母就一起出动，追打着他。他闪电般地跑出门，跑到弄堂里，父亲停住了，他也停住，回身挑逗般地一笑，龇出颇整齐的白牙，父亲便咬牙骂道："你个赤佬！你个阿跷！"

逐渐稔熟起来的邻居们也跟着唤他阿跷，他总是坦然，由人叫去。可是不久，弄堂的阴沟便堵塞住了,漫了一弄堂的臭水。请了房管处修下水道的工人来,掏出一大堆破布烂菜叶。人们互相埋怨着,张家怨李家不当心,李家怪王家懒惰,吵成一团。谁也没看见,不远处的门口,蹲了一个人,镇静地挖着鼻孔。他慢慢地站起身,从人群中间踱过,人们不由静住了一会儿,看着他向弄堂口踱去,然后有人轻轻地说了一声:"坏坯!"

他没有听见,管自走去,走到弄堂口,坐在街道花园里,望着人来车往的马路,见有长得好看的女孩子走过,便从地上拾起石子扔去,有时扔不准,有时则很准,那女孩便惊叫一声,转着身子,四面望过来,望到他时,他正俯着头,专心地朝一只蚂蚁吐唾沫,妄图淹死它。

由于时常在弄堂口坐着,慢慢地结识了隔壁弄堂的调皮孩子,慢慢地又交上了朋友,至死不渝。一个个都跟随着他,为他的刁钻古怪而折服。那都是些比他小得多的孩子。也只有这样小的孩子,才能服从于他。不过,站在一起倒看不出他们年龄的差别,他似乎很难长大了。虽然已经读上了中学,可却仍然像个十来岁的孩子,矮而瘦弱,面色青黄,手臂脚杆,芦柴棒似的。知情人却知道,他那手臂脚杆,虽不悦目,却是十分管用。而自从有了手下的兵,他便不太劳动腿脚,光是坐着,教唆小孩子去袭击好看的女孩子和好学生模样的孩子,再就是百般地调笑一个淮海路上的精神病患者。只在关键时刻,他才亲自上阵,那便到了全剧的最高潮了。他一撒腿,双脚便不可思议地从膝盖以下分向两侧,大幅度地摇摆着,前后一二公尺不能近身,双手则碰打着小臂内侧,加强着声势。于是,敌军四下逃窜,而他们则拍手称快。为了能够时常享受这欢乐激动的场面,他的部下有时会夸大敌情,促使他上阵。他心里明明清楚,却并不推辞,因为这也给他带来了极大的满足。

慢慢地,小孩子们都长大了,高过他一

个或半个脑袋，身体也很壮实。光看身体，都说他是弟弟，他们是哥哥，可是看脸，却看出了他的年纪。青黄的脸上似乎不那么平展，细看，并没有什么褶皱，可总令人觉得皱巴巴的苍老。长大了的孩子们慢慢地识破了他，不屑于与他为伍，一个两个地离开了他。各人有了各人正经的事情，见了他，有时像不认识似的，迎面而来，擦肩而过。他便在心里骂一声："我操你妈妈的！"依然不足以解恨，就又附上一把黄沙。

四

待到中学毕业，他还脱不了一个十岁孩子的形状，拿他没奈何。

这一届毕业，虽不再是"一片红"，可是传说很多。同学们惶惶不可终日，唯有他最笃定。即使是两片红、三片红、十片红，天王老子都不留，也得留他在上海。他是注定在上海的，他注定是要将上海人做到底的。看着别人沸沸扬扬,他很得意。

他被分配进一爿街道生产组里,做绕线圈的活儿。可是,事实很快证明了他那双手不能胜任这种细致的工作,就派他专门给人送料,再把人家做好的线圈搬走,这倒比坐着绕八小时线圈不厌气。他每日就在几个工作台之间走动,认识了许多人,大多是姑娘,而且也有颇不难看的姑娘。她们都叫他阿跷,叫着倒并不刺耳,还有点喜欢被她们嗲声嗲气或者凶声凶气地叫着。不知是由于他形状是个孩子,还是由于他的残疾,姑娘们对他并不存戒心,还很亲热,不像她们对那几个电工男青年,矜持得可怕,铁板着脸,叫人不敢斗胆答上话来。她们对他却随和,老和他斗嘴,斗得高兴了,还在他肩上或是背上甚至头上拍打几下,这是很令他愉快的。

自从有了工作以后,家里对他也另眼相看了,第一次发饷,母亲就给他买了一身藏青涤卡两用衫,一出门,就有人恭维:

"阿跷,时髦了嘛!抖起来了嘛!"

他只微微笑着,不作答,十分矜持。

阿跷不是没良心的人,对他好,他也对人好,晓得尽孝心。买了三毛钱猪头肉给父亲下酒,父亲居然也给他斟了半盅。有了人对饮,父亲的态度和蔼多了。

这是阿跷一生中最幸福的时光了,可是幸福的时光总是转瞬即逝。

五

"四人帮"打倒了,游行游过了,鞭炮放过了,开心过了,热闹过了,接下来就要做事情了。

他及他的全家碰到的第一桩事情,便是房子的事情。这房子本是私房,原房主——一个绸布行的老板,日日上房管处去,房管处就来找他们,虽不是日日,却也只间隔三日五日。父亲去找那老战友。不料他正靠边,日夜埋头准备着"讲清楚",自身都难保,哪还顾得其他。家里商量着,都觉得要搬出这房子，已是大势所趋，正像当年搬进来的时候一样。可是人已经住在这里，总不见得硬赶他们走。他们只有向房管处提条件，房管处答应，就搬；不答应，那就不能怪他们不搬。主意定了，心中才觉得踏实。可不免又有点憋气，总觉得"文化大革命"歇了生产又死人，闹了多日，忽又全部变回来，白闹了似的。再想想，更觉得还是穷人家倒霉，母亲便说，命里只该九升九，走遍天下不满斗。

房管处一听条件，先是瞪眼，然后说研究研究。研究过后再来讨价还价，还不了价，又回去研究；终于同意了，就该是咱们研究了，让他二日再来；又提出新的条件，再瞪眼，再研究，再讨价还价……在这无穷尽的反复中，他们在这房子里挨过了整整一年，那一年里，只想着谈判，已没了过日子的心思。

其时，插队知青纷纷开始回城，一个个昨日还黑脸黄皮的，今天却蹬起了高跟鞋，骑上了崭新的凤凰牌自行车,飞也似的去上班。他的优越,不知不觉消失殆尽,那套涤卡两用衫早已不再时兴,有了拉链衫、青年衫、上海衫,而涤卡又牢得没有一点儿坏的意思,自然就没有理由另换新装。

这时候,不知为什么,姑娘们对他没有远近的打趣也安慰不了他了。眼见那几个电工悄无声息的都有了女朋友,一起进一起出,一起吃午饭,一起看电影,这才觉得空落落的,少了些什么。当他们的女朋友与他开着放肆的玩笑,他们却若无其事,还跟着一起笑,没有一点儿醋意,这使他非常非常地不满。他莫名其妙地感觉到了恼怒。他开始厌恶姑娘们的挑逗,要做出严肃的样子,好叫她们稍许收敛。然而,她们是不肯放过他的,千方百计地逗他:"阿跷,怎么不开心?""阿跷,这么严肃,要入团了吗?""阿跷,想女朋友了吗?阿姐给你介绍一个?"其实,她们并不比他年长,甚至年幼得多,可是谁都把他当作长不大的孩子。而她们只顾玩笑，忘了他确也有着七情六欲，他确实也想要一个女朋友。给逗急了，他便回嘴：

"我不要你介绍，我就是要你！"

大家便笑："阿跷噱头好得很啊！"

连那女孩子的男朋友也跟着笑："让给你，让给你，我是很大公无私的。"

甚至有人把他往她身上推，她就尖叫。

事实证明，这么板着面孔并不会改变什么，只叫别人奇怪，自己也有些吃力，不如豁达一些，随他去。他是想得开的，如若不是想得开，这么些年他就要过苦了。而正由于他的豁达，非但不苦，还时时有些乐趣。

这么想着，他随和起来。反被动为主动，还能捞些便宜。她们拍打他，他也轻轻地还手，手掌里就留下一些温热的回忆。闹得凶了，桌子尽头南窗下的姑娘就会轻声轻气地劝阻："不要吵了，不要吵了，阿跷蛮可怜的。"吵闹把她的声音早淹没了，他却分明听见了，便要注意地看上一眼。多看了几眼,心里就有些奇怪地颤颤着。那姑娘长得并不好看,却十分白皙。他自己邋遢,却总是为白皙的皮肤吸引,他就对她格外地照应起来。她把线圈缠得粗糙,他就偷偷地换到隔壁的盒子里,然后大叫:"这是谁的活?就这么懒潦吗?"并且高举着展览。隔壁那姑娘就急得大叫:"我没有做过这样懒潦的活儿!""不是你,又是谁?"他说着,一边偷眼瞅她。她安详地低头做着活,看都没看一眼,对他的掩护一无所觉。他便有些沮丧,垂下了胳膊。他又见她午饭吃得简单,半盒饭,上面盖了一点儿青菜,几片香肠,不禁有些怜惜。一天中午,趁没有人,他从裤袋里摸出一个咸鸭蛋,朝她滚过去,说:"给你吃!"不料她惊恐地让开了,身体紧贴着椅背,让那鸭蛋从她面前滚过去,滚落到地上,碎了。那胆战心惊的样子,好像面前滚过的是一颗炸弹。那嫌恶的表情,又好像看着一只肮脏的老鼠。

鸭蛋碎了,他心里居然疼痛了一下,好

像也有个什么和着鸭蛋一起碎了。不过,那破碎的感觉随着破碎的声音一起消失了,留下一肚子的愤懑:"不识抬举!"他说道,例外地没有骂"操他"。

近来,他在那些从小就骂习惯的粗话里咂出了非同寻常的滋味。他不明白,自己怎能骂了这多年却还什么都不明白;他更不明白,自己既是什么都不明白,却怎能骂了这多年!他兴奋而战栗地想着,这些,原来是这样的啊!这新的发现使他骚乱不已,他变得十分暴躁。只为父亲说了一句:"吃饭声音像猪吃食!"他便把碗给摔了,跑了出来,走在熙熙攘攘的淮海路上,心里感到寂寞极了。他忽然觉得,身边走着的所有的人,都要比他快乐。有人走过去,又回过头来诧异地看他;有人走过来,明明诧异,却不动声色。他骂道:"操你妈的!"不觉又战栗了一下。

每天夜里,他依着想象,依着那些粗话作为字典,编造着一个一个淫秽的故事,来慰藉骚乱不安的心灵,直到深夜。白天是太喧腾了，他没清静编故事，身不由己地卷入那些说笑中去，他就变得十分猥獗，生造出许多不堪入耳的词汇，令人胆战心惊。

六

工场间的姑娘开始相继结婚，凑礼钱总少不掉他的一份：五毛，一块，两块，随着市场物价的增长而增长。喜糖自然也少不了他的两包，每包八粒。糖嚼在嘴里，总有一股异样的滋味，他慢慢地咬嚼着，心里慢慢地升起了一股说不明白的心情，怅然得很。

喜糖的滋味淡去不久以后，她们的腹部便日益显山露水，肚子把裤扣处的开缝裂开来，肆无忌惮地露出衬裤的神秘的花样，令他看了心惊肉跳。而她们浑然不觉，大声交流着那里面的种种动静，有时则将头凑拢一处，将声音压得极低，什么没说似的说着什么，令人百思不得其解。再望望那奇异而伟大的隆起的腹部，便只有肃然起敬的分了。

这样,她们倒把阿跷冷淡了许多。阿跷有了静默的机会,难免就要想一点儿什么。有时候也会想想自己。一旦要想自己的时候,他便发现自己是没什么可想的。喧喧腾腾的一日一日过了下来,在工作桌之间周旋着,寻着别人的开心,又被别人寻着开心。手没一刻闲着,嘴也没一刻闲着,手搬来搬去搬了这么多年,也不知究竟搬的什么零件,安在收音机上的还是电视机上的?嘴说来说去的就更不知说了些什么,又都汇集到哪里去了。往前一点儿,在学校里,读着几本从来没读通的书,或是坐在弄堂口,看着来来往往的车和人,不知那书是读作什么用,更不知那些车和人是从哪里来,往哪里去!更往前一点儿,就要模糊一些了,棚户区挤挤的屋檐下,对着墙根小便,把那蟋蟀淹出来,墙根泡酥了。再往前一点儿,便什么也记不清了,满耳朵都是"阿跷阿跷"的喊声,或嗔或喜。他想着这些,觉着了无聊,并且升起一股凄凉的心情。他有些沉默了。

偶尔有人想起他,打趣道:"阿跷,

什么时候吃你的喜糖?"他便阴沉着脸骂:"我操你妈的!"这骂和那骂是很不相同的,有一股认真的恶狠狠的味道,人们便不再敢惹他,由他沉默去了。

当他沉默够了,渴望着轻松一下,对着一个刚隆起腹部的姑娘说:"我看你的面孔,大约是生不出儿子来地。"不料那女工破口大骂:"我不要儿子,只要生出来脚不跷就可以了。"他很没趣,连"操他"都不好出口,找上门讨骂的。想开玩笑时,却又开不好了,似乎把那玩笑生疏了。有时候,开头还顺利,一句去一句来地进行下去了,甚至于她还打了他一下,他便回手。不料却又回重了,她尖声叫起来,拳头像雨点似的落在肩背上,那已不是玩笑了,他觉得了痛。他耐不住,重重地回击了一下,她却怔住了,瞪着他。他愤怒得几乎变形的脸吓住了她,她再不敢动手,只得放声大哭起来,一边哭,一边骂:"阿跷,阿跷!死不掉的跷脚!"他忽然哆嗦了一下,在这从小就听熟的称呼中听出了什么,他似乎方才发现这称呼的内容。

从此,他变得十分阴沉,暗暗地怀恨着每一个人,没有来由地怀恨着每一个人。他不再和人玩笑,连一般的话也不太说了,偶尔会冒出一两句话,也叫人不寒而栗,人家都有些惧怕他,不敢惹他,只敢压低了声音议论他。

"阿跷是怎么搞的?变得这么吓人?"
"不晓得,他变得多么吓人!"
"阿跷其实也不小了,有二十了吧!"
"二十五都不止了啊!"

他阴沉着脸从旁边走过,明明听见了,却当作没听见。不过心里倒着实想了一想,自己究竟有多少岁了?很少有人想过他是多少岁,连他自己也没认真想过,只是这么一日一日喧喧哗哗地往下过。他心里思忖着自己的年岁,捧着材料走了过去。他现在走路很注意减小幅度,尽可能保持平稳。可是很难办到,反而走得累了。他向来没觉得走路是个负担,这会儿觉着了。他去和组长讲,要求做做别的活儿,不用走路的活儿。组长很为难,她不明白他还能做什么,可又怕惹恼了他。不知为什么,她觉得,一旦惹恼了他,便会非常非常倒霉。好在这时候,有一桩事情无意中解除了她的困窘。上面下来文件,凡是"文化大革命"中毕业的中学生,全要参加初中文凭或高中文凭的统考,单位里要给时间补习功课,考不及格要扣除奖金。干脆,就让阿跷脱产补习一个月,参加第一批统考。

七

他天天坐在家里补习功课了,父母都为他叫屈:"你读不好书又不能怪你,应该怪'四人帮'呀!"他就要讲:"你这话对我讲有什么用呀!"他这么讲,决不是因为拥护统考,他心里也是怨得很,明里暗里骂过上百个"操他"了。可是他厌烦父母的啰嗦,不知从什么时候起,他连自己的父母也恨上了。他以为别的兄弟姐妹都健全,独独他脚跷,这全是父母能做主的事,全是父母的错。所以,他恨父母恨得比其他人更强烈似的。

听他这么一讲,父母就冷笑:"你考得取吧!你是读书的料吧!"

他一火,把桌子掀了。

开始几天,坐在隔壁弄堂里一个汽车间里,听那个四块钱一晚上聘得来的老师讲课,呵欠连天,只想睡觉。低头看书,好比天书;抬头看黑板,画得像八卦似的。暗暗叫苦,心想奖金敲掉是铁定了,横竖没有几块钱。这么一想,反倒定下心来,不打算考了。不看书,不听讲,却陡然来了精神,呵欠不打了,也无困意了。干坐着,倒有些无聊,顺便听了一两句,倒听进去半句一句的;再听三五句,又进去了两三句。阿跷本不是糊涂人,心也灵得很,只不过从来不用心,稍稍放上一点儿心思,书也是读得通的。反正在家里也没事,稍微看看、学学,也一课一课学下来了,读书本也不是多难的事。这样,也慢慢地有了点儿兴趣,到了考试这一日,他轻轻巧巧地考下来了,分数还颇不错。回到生产组里,人们看他的眼光就有点变,免不了还要打趣几句:

"看不出来嘛!阿跷还有这等本事!"

"阿跷读书这么聪敏,必定会有前途。"

"阿跷是读书人嘛!"

他不言语,只是笑笑,眼睛里少去了一些凶光。面对着这般的赞誉,他就不太好再闹情绪要求调工作了。继续在工作桌之间搬货送料,走路时尽量缩小动作不说,还极力挺直腰板,注意着风度,因此,更加地感到走路的负担。

其时,开始流行舞会,元旦、国庆节、"五一"劳动节、"五四"青年节、评先进、发奖,样样事情都可以借来由头开舞会。场子拉好了,录音机开响了,大家挤在边边上,围着个空空荡荡的场子,叽叽嘎嘎笑笑,互相往场子里推,好像场子里不是地板，而是一个水塘，给推的人都拼命挣扎，不幸被推下去了的人，来不及地跑回来。然后外边的人一起挡住他，不让他回来，于是他干脆往外拖他们，以求一同下水。

　　他挤在里面凑热闹，专门推人家，推得很凶，很用力，把人推得跟跟跄跄。音乐放了一曲又一曲，就是没有人下去，却也没有人走开。他听着音乐，就兴高采烈起来。他喜欢听音乐，无论是激烈的，还是慢悠悠的。时间一点一点过去，眼看舞会快要结束了，这才有人红着脸壮着胆子，羞答答地又不大情愿地下去，彼此都好像是被对方强拉下去的。开始是一对两对，后来，三对五对，再后来，就渐渐地满了，满得要溢出来了，像小菜场一样了，挤来挤去。不过，在这里撞着了人，踩到了脚，不作兴像在小菜场上那样相骂，都要客客气气地相让才对。

　　大家都跳起来了，跳交谊舞不算，还要跳迪斯科，两只脚像踏水车似的。阿跷悄悄地离开了舞场，他极力小心地走着，怕碰着了别人,也怕别人注意到自己。他觉得很孤独。

跳舞风越来越盛,连上班,屁股都坐不定了,讨论着三步、四步,什么华尔兹,什么伦巴。

"我看到有两个人,这么样跳,这么样跳。"一个小姑娘做着样子给她对面的小姑娘看。

"噢,跷脚伦巴。"

"跷脚伦巴?"

"你连跷脚伦巴都不晓得啊?"这一个很惊讶,惊讶中透出了藐视。

对面那个踢踢她的脚:"轻一点儿,阿跷要听见了。"

"我们又不是讲他。"这个不在乎地说,仍然不放心地抬头看了看,阿跷正好站在她边上,收她做好的线圈。她有点窘,喃喃地说:"阿跷,我们不是讲你噢,你不要动气噢!"

"讲我也不要紧的。"阿跷说,倒确有几分真心。

"真的，我们真的不是存心的。"她越发惶恐，涨红了脸，连连解释。

阿跷不响，迈着八字步走了，鼻子却有些发酸，好像眼睛里要流出点儿什么东西来而又终于没有流出。

八

新近，上面又翻出花样经，要搞什么"振兴中华演讲"。区里要下面每个工场间都报一个人上来。自愿报名，结果一个人也不自愿，只好让领导点名了，一点点到了阿跷。大家都说："蛮好蛮好，阿跷可以谈谈上次的统考。""同意，同意，同意的人举手！"刷地，举起了一片手。"通过，通过，一致通过！"阿跷很愤怒，咬牙切齿地骂着最脏最恶毒的字眼，可是谁都没听见，一哄而散。组长劝他："大家选你去，你就去嘛，这是很光荣的事。"

"是的呀，是很光荣的事，我是要去

的,你等着我去好了!"

"明天你不要来上班了,在家里准备准备好了。"

"是的呀,我是要好好准备准备的!"

"你不要动气呀,大家是好心。"组长有点怕了。

"我晓得是好心,我是要去演讲的,我是要去'振兴中华'的。"说完,他转身就走,迈着幅度极大的步子,两个喇叭口裤脚管,左右扫荡着路面,走了。

第二天,他真的没来上班,不过并没有准备演讲,而是在床上睡了一天,从小报上看了几篇"碎尸案"、"无头案"。第三天,到了工场间,组长小心翼翼地看看他的面孔,问道:"你到底准备了没有?"

"到底准备了,准备得蛮好。"他微微笑着,组长汗毛都竖起来了。

"真的准备了?"她歇口气,又问。

"真的准备了,台上见好了。"

她越加不相信了:"你要是实在不愿意

讲，我另外安排人。"

"阿姨，你不要寻开心好吧！前天我不肯讲，你硬要我讲；今天我准备好了，你又不让我讲了。"

"谁不让你讲了？你肯讲当然最好了。"组长赶紧说，走开了。

这一天，在区文化馆大礼堂里举行演讲会，一大个会场都坐满了，台上挂着紫红丝绒的大幕，灯光打下来，亮得耀眼，台前摆了一排鲜花，争红斗艳，开得正热闹。工场间的人大部分都去了，他坐在忐忑不安的组长身边。组长好言好语对他讲："不要紧张，慢慢地讲。"

"我不会讲得快的，放心好了，阿姨。"他回答。

阿姨唯有后悔了，可是到了这一步，后悔又有什么用，只好听天由命了。

演讲会开始了，都讲得认真。演讲的人，都穿得整整齐齐，普通话讲得很标准，表情也丰富。越看下去，组长越懊恼，掉头看看阿跷,他倒镇定得很,胸有成竹,不晓得准备了一段什么样的精彩表演。

终于轮到他了。

他从座位上站了起来,若无其事地迈开八字步,向前跨去。他坦荡荡地横扫着,两脚之间的距离足有一公尺宽,两只手柔软地垂荡着,随着身子大幅度的摇摆甩打着。

会场忽然肃静起来,看着他。

他稍稍有些不自在,略有忌讳,开始注意收紧一点儿幅度了。

全场毕静,无数双眼睛默默地注视着他。

他吃力地收小步子的横宽,微微压下头,看着两只畸形的脚悄无声息地迈在绿色的塑料地毯上。那地毯变得无尽的长,一直通到看不见头的台下。并且,那地毯稍稍向下倾斜,微微地有着惯性推他,他几乎走不稳。他开始后悔不该选择了最后一排的座位,他本想是要得到足够的时间出一场洋相,给演讲会、给工场间开个大大的玩笑。可是,这路多么长啊,而且,那么静,他脑门上沁出了汗珠。

全场毕静,无数双眼睛默默地注视着他。

背上出汗了,汗湿了衬衫,他慢慢地将两只畸形的手握起来,握成拳地走着。可是,这路多么地长啊,而且微微低去,他好像走在一条平缓的下坡上,只有用力把握住脚步,才不至跟跄起来。

全场毕静。

他认认真真地走着,脑子里除去走路,走路,别无其他念头。每一步都花了力气,费了心思。绿色的塑料地毯被他悄无声息地一步一步踏了过去,踏了过去,踏了过去,像一条缓缓斜下的绿色的小径。可是,这路多么地长啊!礼堂高大的穹顶笼罩着他,他感觉到这笼罩,背上有点重。

他终于走到了台下,他踏上台阶,台上幕条后面,有着很多眼睛,默默地看着他,他走上了台阶,走上了台。

灯光耀眼而炽热,他被这耀眼炽热的灯光包裹着,感到窒息。

他站在讲台前,有些气喘,他喘气。

忽然,会场爆发起雷鸣般的掌声,他不由哆嗦了一下,一时不明白发生了什么事情。

掌声像雷鸣,像暴风雨,经久不息,经久不息。

他怔住了,怔怔地站在台上,他不明白他怎么会站到这里来的,不明白他站到这里来是要干什么的了。

掌声经久不息,经久不息。

他被明亮的灯光罩住了,他看不见什么,他什么也看不见,他只看见罩住他的光亮在扩大,扩大,无边无际地扩大,庄严地扩大。

掌声经久不息,经久不息。

他被那耀目炽热的光亮熔化了,他不知道自己还存不存在了。

掌声停了,会场重新毕静下来,静得连呼吸都能听见,他从来没有经历过这样的毕静,他怔怔地站在那里,站了一会儿,从讲台前转过身,重新走了下来。

他鼻子酸了,嘴角被什么扯动了,眼睛里,终于有什么流了出来。
　　眼睛里,有什么流了出来,顺着脸颊慢慢地流了下来,流进嘴里,咸咸的,他咽了下去。

鸠鹊一战

小妹阿姨从谢家出来以后,在附近愚园路上一幢临街的大楼里找到份人家。说起来是公寓,实质上,他们这一套公寓住了两份人家,什么都要合用,这家只占了一大间和一小间。夫妻俩睡小间,小妹阿姨带了两个读小学的孩子睡大间。吃饭也在大间,会客也在大间。虽是大间,三张小床和一张吃饭桌一放,也就挤得很了。因此,小妹阿姨的有些东西便只好暂时不带过来,仍旧放在谢家,比如那口红木五斗橱、那三只樟木箱,还有她的户口和粮油。她不想在此做长,一旦有了合适人家,她是立即就要走的。反正谢家好姆妈很好说话。

这人家日子过得马虎,小妹阿姨的精

细没了用武之地。经历了这么多的事情以后,她也少了壮年时候的锐气,不那么一往直前,却开始为自己的退路着想。夜晚,睡在这间挤满白木家什的房间里,耳畔充斥了两个孩子此起彼伏的鼻息声,月光和路灯透过单薄的印花布窗帘,将个房间照得透亮,没了遮蔽,她觉得好像睡在马路上似的。难以入眠,就想着以往的大半生。过去的时光如同倒流一般,一幕一幕在眼前展现:她脑后用二寸长的红头绳扎起一根独辫,进了余杭首屈一指的大户人家做丫头;绸衣绸裤绣着"回"字纹的花边,随着大小姐嫁到了上海的张家;大小姐从少奶奶做到老太太,最后魂归西天;她却被张家小辈辞了出来,然后到了谢家,又到了此地……几十年来,她送了老的,接来小的,小的扶成人,老的又托生,弄到头,自己倒孑然一身。虽说是挣了一些钱,可却没个地方安置,那钱便也成了孤魂儿。她想着这些,心中生起无穷的感叹,要强了一辈子,竟脱不了吃人家饭、看人家眼色行事的下场。然而,岁月流逝,心力确是一年不如一年,不服输也是不行的。要是真到了老得做不动的时候,可是连个歇身之处也没有啊!莫不成再回余杭乡下去?从那里出来了几十年,她早已是上海人了,她从不曾以为自己是个乡下女人。她小妹阿姨是上海人,是上海人必得生活在上海,这是天经地义的事。然而,这只是她对上海的态度,上海对她的态度,却并不是那样明朗和确定。想到此,心里不由悔悔的,该趁早成个家的。到底是那时节年轻气盛,只当有使不完的力气、用不完的精明、过不完的年月呢……她在这懊丧的心情里昏昏睡去,刚合了眼,便听见楼下马路上,扫帚扫着路面的"沙沙"声,该起来买菜了。她勉强起身,肩背发酸,眼皮发沉,哈欠一个连一个,上一日的懊丧还没退去,便又添上这一日的,日日积累,小妹阿姨眼见得憔悴了。

经过一夜一夜的苦思冥想,小妹阿姨终于想明白了,她应该有一间房子。其实,所谓家，便是一个巢，巢可不就是房子？有了房子，她就有了栖身的地方。她可以不住别人家了，只帮人买买菜、洗洗衣，或者帮人烧一顿中饭或晚饭——加起来，收入只会比现在多，而不会少，况且，她是很不在乎钱的。说到了钱，她从现在起就可以坐吃，如果她愿意的话。可就是没个"坐"的地方啊！自然，钱总是越多越好。只要有了房子，赚钱的门路也就多了。她还可以去买一部缝纫机，给人家做衣服。西式衣服她不会做，可是中式的，包括拉丝棉、翻丝棉袄，她可全会。那就更为清闲、干净，也尊贵了。她也可以到里弄去申请一份工场间的工作，那么，连生老病死，都可有了一定的保障。然后，她可以去过继或领养个儿子，有了儿子，自己的一切，便都有了交代，自己这一世的辛苦也有了永久的意义。想到儿子，她不由精神大振却又微微地惆怅。反正，有了房子，怎么走都有路，哪条路都走得通；没了房子，便只剩下一条越走越窄的羊肠小道。想明白了这些，小妹阿姨倒平静了下来，心绪不再烦乱,身上也恢复了活力。

她要一间房子。小妹阿姨的生活有了目标,重新抖擞起来。她发现自己的心力和精明还很充足,对前景也就更乐观了,行动也更坚决。她首先想到的是张家。从小跟了张家老太太出来,足足跟了三十年,为什么不能算是张家的人?新社会人人平等,主佣都是一般高低,决没有理由将她从张家划分出去的。

星期日下午,她去了张家。走近张家门前时,脚步却犹豫起来。小花园光秃秃的墙头,在她眼里忽然长出了茂盛的常青藤,老先生在藤下摆弄着几株杜鹃花,苍苍的白发映着粉红的花朵,修枝的剪刀清脆地剪着,咔嚓咔嚓。生性荒唐的先生,末了还是让她帮了老太太把他制服得安安分分、小小心心,走路都难出个响。她不由抿嘴一笑。这一笑却笑醒了,红云似的杜鹃没了,满墙的常青藤也没了,剪子的脆响更没了,只剩下一栏光秃秃的墙头,墙角上升出一树夹竹桃，花是早已谢了，叶子也绿得旧了似的。她迈开脚步，绕到了后弄堂。后弄堂的水门汀地，碎出更多的纹路，错综交叉，网似的缠脚。弄堂似乎窄了，墙却高了，她觉得气闷。午后的阳光越过楼房，刚抵到却又越过墙去了，黄黄地照着楼房背阴的墙上。她看着自己的身影皮影戏似的从墙上走过。后门开了几扇，却露出陌生的面孔和陌生的声音。她向弄堂尽头的六号走去。

六号张家的房子是与众不同的一幢。原本是和这弄堂里所有的房子一样，双开间、三层楼。后来自己又动土木扩展了，将弄堂的横头整个儿地拦了进去，又多出了两上两下的一幢，隔了一个天井与原来的房子相对着。房间再多再好，她也不眼馋，她只要自己原先住的那一个八平方的小房间。在那里，她住了足足三十年。小房间顶上是洗澡间，几次漏水在天花板上留下一些水迹，那花纹边缘的水迹于她都是稔熟得亲切了。

她走进狭弄深处，刚要走近六号门前，

那门却陡地开了,旋风似的出来两个龌龊的男孩,从她身边旋过,几乎将她撞倒。她正考虑是否要骂,不料那两位已经回过头来,吐出一句曲折而又露骨的脏话,使得从未结过婚的小妹阿姨红了脸,她只得作不听见。好在门已开了,只需往里走就行了。那房子并不如她梦里几度回时那样凄清廓寂,反是过于热闹。楼梯过道上堆了满满的垃圾般的杂物,门窗无所顾忌地碰响着。她立在厨房门前,心里又恍惚起来。

楼梯上缓缓地走下老太太,一直向客堂走去,那里有一张牌桌。要是三缺一,她便说:"小妹阿姨,你来吧!"小妹阿姨便在她对面坐下。老太太的牌局从她那副茶色墨镜里反映出来,进入小妹阿姨的眼睛,她便可依着老太太的心思出牌了。老太太赢了钱就说:"小妹阿姨,有你在,我就心定,脑子也灵光了。"她则回答:"是老太太手气好啊!"老太太便笑,一双很富态的手娴静地洗着骨牌,将牌洗出圆润的声音,珠玉落盘似的。她又要笑,骨牌的玉响消失了,换得一阵噔噔的脚步声。

楼上走下一个小姑娘,很平淡地看看她。她刚想开口问一声,那小姑娘却走了过去。她渐渐地静了下来,四下打量,看见底层大房间门口放了一口她所熟悉的白漆碗柜,于是她断定这里面住的必是张家无疑了。

她走上前敲了门,顺便朝碗柜里张了一眼,里面除了几叠空碗,还有一碗雪里蕻炒毛豆和一碗冷饭,收拾得十分清洁,却有一种凄凉。她正看着,门开了,只二寸宽的缝,露出张家大儿子一张苍白削瘦的脸,眼圈、鼻沟和上唇都红红的,受了寒似的。眼神惶惑不安,露出谦卑的微笑。待到认出了小妹阿姨,便收了笑容,略略傲岸起来,却依然掸不去那一层惶惑。

"大弟在家啊!"她豁朗地笑道,用了亲切的小名招呼。

他只得让她进来。

她迈入房门,双手相握着静静地垂着,

夹竹桃的树叶掩着阳光，将房间遮暗了。门在身后轻轻地关上，大弟悄悄地走近跟前，说道：

"坐啊，小妹阿姨。"

"大弟，你不要客气。"她回答，还是坐了，在一张老式的沙发椅上。沙发套上的流苏残破了，有的地方拉出老长拖在地上，有的地方却一缕也没了。这是老太太生前常坐的，她摸着光滑的扶手，努力去感觉老太太的体温，扶手凉凉地沁着她的手心。

"还是在谢家做啊？"大弟在她对面的一张皮椅子上坐下，眼睛看着她，当她回看过去时，却又溜开了眼睛。

她反问道："大妹、小妹，还有小弟都还好吧？"

"小弟大学毕业到苏北农场劳动去了；大妹已经结婚，住在婆家，威海卫路那里；小妹在家待分配。"大弟一一介绍道。一边打量小妹阿姨，一经对视，又溜之夭夭了。

"倒没有叫她插队去？"小妹阿姨打量着

房间，房间里是一张双人床，床下有女人的拖鞋，还有小孩子的玩具，一只塑料小碗。打量了房间，再看大弟，大弟的眼睛立即避开去，看着小妹阿姨刚看了不久的房间。

"她身体不好，不情愿去呢！"他回答。

"学校里倒没有强求？"

大弟苦笑了一下，不说什么，眼睛仍然在偷袭对方。

小妹阿姨立即十分理解地说道："这件事情，你是不好说话的，否则倒像是你容不得妹妹了。"

他感动了，眼睛更红了，却松弛了下来，活动得不那么紧张了。

小妹阿姨心里却说："这样的成分能逃过插队，总是有点法道的。"自然提高了警惕。

这时候，大弟站起身泡来了一杯茶，恭恭敬敬地端过来，说道："如今，上门来看我们的也只有你小妹阿姨了。"说到"小妹阿姨"几个字，声音陡地轻了下去，要哭的样子。

小妹阿姨心软了，脸上还强笑着，说

道:"你们都大了,翅膀硬了,有没有小妹阿姨不要紧了。"老太太大殓那一日,小辈们将她辞走的情景陡地升起在眼前,记得也是这样的一个午后,虽是阳光明媚,可到了下午,屋里却总是暗了。眼里不由要落泪,却硬是忍了下去。

"小妹阿姨,你不要再气了,过去的事情就算过去了。"大弟说道,垂下了脑袋,偶尔还用眼睛看小妹阿姨。

"开头,我倒真是气了,暗底里骂了你们多少日没良心。可后来,慢慢地好些儿了,却还有点高兴。我想,这时候从你们家出来,倒是好事呢。和老太太的缘分尽了,也不至于叫人以为我对老太太有什么图谋。可是我这人心软,如不是你们小辈先开口叫我走,我是怎么也硬不起心肠走开的。"小妹阿姨吐了一口长气,将眼泪压下去,慢慢地说道。

听了这一席话,大弟不知该如何反应,只是不做声,心里的感动却似乎难以平息,一味地想哭。

"好了，弄到头，还是我心软、骨头贱。说是不管你们，还是放不下呀！前几日遇到三号里的小红奶奶，说文化革命一开始，你们就吃大苦了，家抄了，房子封了，东西拖走了。我是一夜一夜睡不着，只有想到老太太，心里才好过一点儿。她享饱了福，早早去了，看不见这一场造孽，是她的福气啊。留下你们，是前世没有修好，也是太浮躁任性，命里注定要吃苦受罪。虽这么想还是想不开，你看，今天，人争气脚不争气，自己跑来了。"

大弟这才抬起头，将这场变故的大概经过说了一遍。

"现在，就只给你们这间房间啊？"她慢慢地问道。

"还有一个小房间，就是小妹阿姨过去睡的，现在是小妹住。"

"带我去看看吧！"她站起身说道。

大弟不很明白，却还是起身随她去了。

小房间的门一推开，便涌来一股阴凉的气息，是她熟识的，还是那样，只是多了几件家具，她的木床换了小妹的弹簧床。天花板上的水迹更深了一些，正合着她记忆中的模样。窗帘撩起了一半，映进天井里的半边水池，一个女人在刷着什么，刺耳的"刷刷"声在深深的天井里激起回声。她停了一会儿，望着熟悉极了的四壁，随后走到窗前，将撩起的窗帘轻轻放了下来，转过身子，看定了大弟。

大弟的眼睛又要想溜走，却溜不去了，叫小妹阿姨的眼睛活捉了。

"我说大弟，我还是想住回来。我的户口在张家的户口簿上留了有三十年，那时迁走并不是我情愿。这房子说到底是该归我的。"

大弟的眼睛叫她捉住，更加动不了了，只喃喃地说道："这，这怎么能这样说呢？小妹阿姨！"

小妹阿姨继续说："要是早两年，'文

化大革命'头上,我就到这里来闹,还不定能闹到多少好处呢!可是你知道,大弟,小妹阿姨不是那种投井下石的人,小妹阿姨不会做那种墙倒众人推的事情。所以我想着,这两年事情过去得差不多了,再和你们商量。"

"这,这,我们也没有办法啊。"大弟不觉后退了一步。

"你们住那一大间,这小间还是还给我。小妹总归是要出嫁的人。"

"可是小弟劳动完了还要回来的呀!"说了这句,大弟顿时感觉到一股树倒猢狲散、飞鸟各投林的悲凉,几乎要大放悲声。

小妹阿姨转过眸子,放过了大弟的眼睛,说道:"我一从乡下出来,就住在这里,一住三十年,户口是你们让迁走的。我本来可以找你单位造反派说这个事,可我想,还是先来和你商量的好啊!你说是不是,大弟?"

大弟的眼睛定在了小妹阿姨的脸上,忽

然他双膝一屈，软软地跪了下来，喉咙里有什么打着滚，声音颤着："小妹阿姨，看在姆妈的面上，你放了我们这一回吧！"

这一手却是小妹阿姨始料不及的，不由得有点慌乱，伸手去抓他的胳膊，想把他抓起来，他乱抡着胳膊躲闪：

"我们辞了你，是忘恩负义，黑了良心，不是人。这几年我们理当遭到报应。我单位造反派来抄家，叫我们在地上爬，我女人四个月的肚子活活地流了；大妹学校里的红卫兵来造反，拖了我们在弄堂里斗……"他两手撑着地，哭得说不出话来，头越垂越低，几乎触到了地板。

小妹阿姨看着蜷曲在她脚下的这个男人，眼泪终于滴了下来，这是她亲手带大的啊！她没生过小孩，这就像她自己的小孩一样，她所能体味到的全部母爱便是对这男人的了。可是，她可怜了他，谁来可怜她呢？她擦去眼泪，慢慢地镇静下来，轻轻地叹了一口气，大弟便也静了下来。

"说实在的,大弟,"她说道,"大家都不容易,我小妹阿姨从十三岁到你外婆家,看着你姆妈成了家,又看着你们成了家,可我自己还没个家呢!我不能在人家家里做到老死,等不到死我就会做不动的。我向你要回这房子,也是实在没有办法,也是不得已,我想了多少年才决定这样做的。"

"小妹阿姨……"大弟抬起了脸。

小妹阿姨便说:"你站起来说,你不起来,我不听。"

大弟则说:"你听了,我才起来;你不听,我不起来。"

最终,还是大弟拗不过小妹阿姨,站了起来:

"小妹阿姨,过去我们是做得太绝了,吃苦也是活该。将来有了可能,一定改过,向你赔罪,养你老,送你终。可是,眼前自己也是没有办法,就这么两间房子,我和我女人、小孩住一间。小妹住一间,小弟还要回来,他们只是去锻炼锻炼,一定要回来的。他回来,还是这一间,实在是多不出来给你啊!"

听他这么一说,小妹阿姨的心肠又硬了:"我现在也是顾不得许多了。这样看来,和你商量也商量不出结果,我只好另外想办法了。"说完就向外走。

"小妹阿姨!"大弟跟在她后面,叫道。

"你也不要老是'小妹阿姨、小妹阿姨'地叫了,你心里究竟有几分小妹阿姨的地位啊!"望着这张涕泪纵横的瘦脸,她激愤起来,同是这张面孔,却曾是那样的冷漠、傲岸。想到这里,她心里再没什么犹疑,坚定地迈开脚步,快快走了出去,将大门重重地摔上。铁门沉重地"哐啷"了一声,随即便传来一声恶骂:

"寻死啊!"

她回过身,见是二楼后窗伸出一张睡意蒙眬的脸,爬满眼垢和口水的痕迹,便回骂道:

"你寻死,骂人就像吃饭一样!"骂完就赶紧地走,不再去听那一声紧似一声的回骂。

这幢房子,已不像从前那样,在她记忆中很是庄严。于是,要去侵入它的决心也更坚定,更没了犹豫。在来之前,她心里还有一点点畏惧、一点点不忍,像是要亵渎了它似的有点羞愧。而今,她很坦荡地走出了弄堂。

这一夜,小妹阿姨又失眠了。今天的行动只是一次摸底,稍带点儿要挟,可是心底是虚的。她在此地度了几乎有四十年光阴,新旧社会都经过了,可算是个老上海。她明白,户口不在张家是很不过硬的地方,张家满可以不认账的。为了这个,她只能自己与张家打交道,立不了公案,只好私了。因此,她就要仔细地权衡她与张家双方的力量。那大弟看上去,萎得像条虫,大男人动不动就屈了腿跪下,可是,或许这就是他厉害之处也说不定,要是当锣对鼓地闹,兴许倒反好弄呢!小妹阿姨将这一场会面的每一个细节都在心里反复温习,最终也不知谁优谁劣,反弄得精神大振,一点儿睡意也没有,却又困顿得手脚发凉。想睡又睡不着,睡不着还想睡。折腾了大半夜，早起见了什么都不顺眼，东家夫妇俩也不敢招惹，只在背后悄悄说："这个阿姨脾气忒大了。"

这一日，谢家弄堂里的五十七号阿姨跑来看她了，虽然只隔了两条马路，十分钟就能走到，可是见面的机会却是极少。最近，五十七号的大女儿又生了毛头，她简直是一分钟也离不开了。这一回，也不知怎么的她溜了出来。小妹阿姨心下虽然是瞧不起五十七号阿姨，可是见她百忙里抽空特地跑来看自己，可见得有情有义，便也十分的感动，擅自拿了东家的好茶叶招待她。

"姐姐，你在这里做得可还称心？"五十七号阿姨很虔诚地捧着一杯茶问道。

"你自己看好了。"小妹阿姨回答。

"要我看，不如谢家。谢家多清静，这里好像很乱的。这一扇门里究竟住几家呢？"

"住是只住两家，可是人多。我们家连我五个，隔壁一家七个，夏天洗澡排队哩。"

"你要还在谢家多好,我们也离得近了,可时常见面说说话。"

提起谢家,她便有无限的委屈,可也不想在五十七号阿姨面前露出来,便说:"他们看起来清静,其实烦得很,外人不知道罢了。"

"姐姐也是眼里掺不得沙子的人啊!不像我能够将就的。"五十七号阿姨感慨道。

"你近来还好吗?乡下还时常有人来缠?"

提到此事,五十七号阿姨的眼睛就红了:"我告诉你,你又要骂我贱了。银行的折子上,还是你在的时候那么多钱,再没有添过。"

小妹阿姨忍不住敲了一下桌子:"我说你这个过房儿子趁早不要了吧,没有儿子怕什么呢?天下没儿子的多呢!"

"老了,做不动了,怎么办呢?我这么忍着,都是为老了的时候想啊!"

"你穷得叮当响回了乡下,过房儿子还会收留你吗?就是做老了的时候想,你也不该将钱早早地松了手。话又说回来,你要有钱,在哪里不能过?就是不回乡下也是可以的。你小叔叔不是有间房子吗?"说到此地,她的心扑地一动,立刻狂跳起来,脸都红了。她强使自己镇定下去,继续平缓地说:"你与他那样的交情,将来住他那里养老有什么不可呢?"

五十七号阿姨脸红了一大块,朝地上呸了一声:"他的房子是他的,关我屁事!"

"随便说说的,你又急了。"小妹阿姨轻巧地说完,笑了。

五十七号阿姨也笑了,脸还红红的。

小妹阿姨觑了她一眼,说:"你老实对姐姐说,你们又混账过没有?"

五十七号阿姨就要捶她,她便躲,两人闹了一阵,小妹阿姨叹了一口气,说道:

"有了事吧,'姐姐救我,姐姐救我',硬找了上来。现在好了,事情过去了,连句老实话都没了。"

"好姐姐,你也不看这是什么事,就能这么敲锣打鼓地唱嘛!有什么光彩,也不怕人骂我贱,骂我下作。我是和你亲姐妹似的,什么都说了,你也不该拿这事来取笑我啊!"说着就抹眼睛。

小妹阿姨这才正经下来,诚心诚意地说道:"我这么问你,是为你坏吗?你看这里可有第三个人了?你的事过去这么些日子,你到底听到什么风声没有?"

五十七号阿姨摇头。

"有时想想你的事,我也真替你伤心。其实那一回,你肚里的肉,倒是个亲的。自己亲血肉,偏偏要打掉,倒把辛苦钱贴给什么过房儿子。就为的那块肉来路不正,没法向人交代。其实,要敢横下一条心来,管它什么来路,落在你肚子里,就是你的。可是,我们敢吗?我们不敢。"

五十七号阿姨早已哭成泪人儿了,只有出的气,没了进的气。

"好了,不说这些伤心话了,我给你绞把热毛巾,你洗洗脸也该回去了。要不,你家师母又要吵了。"说着便起身倒了热水,拿自己的毛巾让她洗脸。

五十七号阿姨简直是受宠若惊,自然不好意思再哭,那就太对不起小妹阿姨了。她压住抽泣,洗过脸,匆匆地走了。

小妹阿姨站在窗口,看着她从大楼的门洞里出来,走入熙攘的人群,在人群里绕来绕去,不是碰了人,就是叫人碰了,好不容易,才走得不见了。

她想着:她小叔叔有一间房子呢!这一个念头充满在她心里。她淘米、烧饭、炒菜、吃饭、洗碗,最后上床,心里不时冒上这么一声:"她小叔叔有一间房子呢?"她躺在被路灯和夜光照得一无遮蔽的房间里,耳畔起伏着孩子的鼻息,心里盘算道:总有一日,她小叔叔要退休,退了休再待在上海,怎么也不是长久的事。如果趁早把户口迁了过去,那——自然,这事不能甩了五十七号阿姨,小妹阿姨不是那样的人。她憧憬着,与五十七号阿姨两人在那一间小屋里度日的情景。那一间小屋被她想象得十分温暖,而五十七号阿姨脾性的好处也被她一一记起,即使张家的房子不能得手,那么,闸北的房子也未尝不是一条退路。看来,只要用心,动脑筋,路是很多的,她渐渐乐观起来。而对未来的憧憬却打扰了她的平静,她是很难睡安恬了。睁着眼睛等天明,到了天明,则打着瞌睡盼天黑。她沮丧地想到,自己怕真是老了,昔日的精神到哪里去了呢?于是,要找一间房子的任务便更加迫切了。

　　如今,她是双管齐下。张家那里,她决不松手,每个星期日都要去一次,日益逼进。那大弟每次都是涕泪纵流,面对她的攻势,只有后退和讨饶。也遇到过小妹两次,小妹脾气比大弟硬,一旦开口,就被大弟呵斥,不许她说话,她并不听,依然是吵。可毕竟年幼,没有世故,几个来回之后,小妹阿姨就不再将她放在眼里。每次归来,她都像个得胜的将军,嘴头上一句亏也不曾吃得。然而走到半路上她却不安起来,她发现事情并没有进展,房子依然是张家住着,她的户口还是在自己这里。每次一样地进去,又一样地出来,只进去永不出来的希望一点儿看不见。这时候,她才认识到了大弟用鼻涕一样的黏软包裹着的厉害。这却更加激起了她的愤怒和斗志。在这同时,她开始和五十七号阿姨走动得勤了,与她的关系日益增进。终于有一日,五十七号阿姨请得半天假,邀请她一同去闸北小叔叔家,给他做五十岁生日。她推辞了一番,便答应了下来。

这天下午,五十七号阿姨头发梳得溜光地顺在耳后,穿了一件簇新的海昌蓝斜襟单衫,俏俏波波地来邀小妹阿姨了。小妹阿姨只略略收拾了一下,提了一个线勾的网袋,两人搭伴走了。换了两部车子,车子越开人越稀少,两边的高楼逐渐矮了下去,矮成了平房,马路宽阔了,却寂寥了,车门开开关关,上上下下,乘客和行人的形状似也有些陌生,开口以苏北话居多,像是到了上海以外的另一块地盘。连在上海度了四十年光景的小妹阿姨都有些自惭经验不足了,却也自觉出了身份,脸上不免有些不屑,看什么的目光也多了一种冷淡。

下了车,走过一条公路似的马路,走了一段,随后一弯,路却陡地狭窄起来,连两人并排都觉勉强,便一前一后走着。两边矮矮的屋檐直伸到肩膀上,屋檐下坐着人,嘈杂着。脚下是一条七高八低的台硌路。几步一走,小妹阿姨顿觉脚心长了老茧似的生疼起来。走出一条狭路,到了十字路口,有一块开阔地,却矗立着一杆水龙头,水哗哗地直流,几个女人坐在水下咕吱咕吱地搓衣服,搓完了,就地将木盆一侧,灰色的肥皂水就顺着地势奔腾过来。小妹阿姨来不及地躲闪,那水流沿着她的鞋边顺进了一条浅浅的阴沟,算是找到了归宿。小妹阿姨却已出了一层薄汗,心里愤愤的,又不敢多停,人生地不熟的。五十七号阿姨在前边走得飞快,稍稍懈怠便没了影,只得紧紧地跟了上去，心里则是一肚子的埋怨。待到五十七号阿姨停了脚，她赶了上去，那小叔叔紧接着就出现在一扇木门前边，她也不好意思发作了。

五十七号阿姨轻轻一跺脚，说道："真该死了，这条路这么难走，车子挤死人，累死了！"

小妹阿姨站在一边，心里说道："这路你并不是头一回走了，再说车子也不挤，你累死还赶命似的跑？"脸上却微微笑着，暗暗打量那小叔叔。

小叔叔看上去倒像是大伯伯，说是五十，却足有六十的样子。脸上的皱纹刀刻似的，手上的皮则像树皮，但再细细看，却看出了一身好筋骨，没有一点儿虚长摆样子的肉，骨节里都是劲道。他在汗背心外头直接穿了件劳动布工作服，头戴一顶工作帽，帽檐下露出霜似的头发根。她一边端详，一边联想起他与五十七号阿姨间的关系，莫名其妙地红了脸，便在心里唾了一口："下作！"

"难为,难为!"他说道,将她们请进了屋。

眼睛陡地一暗,停了一会儿,才慢慢地看见东西。这是一间十六七平方的本地平房,砖铺的地,缝里嵌着永远扫不出来的垃圾。石灰水刷白的墙,又叫烟熏黑了,贴了一层又一层的画,是当作墙纸贴的,并不讲究排列,就那么横七竖八地叠了起来:祝英台头上横了一条胖娃娃的白腿,石油工人和牛郎织女肩并着肩。一张硬板床,卷着一床薄被,挂着一顶泛黄的蚊帐,一个白木柜,一张方桌,几只方凳,一把竹椅子。墙角倚着一张缺了腿的抽屉桌,上面放了火油炉和一个小碗柜,上方的墙上挖了一个方洞,洞里放着油盐酱醋瓶。小妹阿姨粗粗地将房子打量了一遍,心情便有些黯淡,她自然不会以为五十七号阿姨的亲眷能住到什么好地方去,可也决计没想到会是这样寒碜的一间房子。失望叫她更觉出了疲劳,便一屁股坐倒在竹椅子里,将脚架起在膝盖上,用手揉搓着裹了雪白尼龙袜的脚踝。

五十七号阿姨在催小叔叔倒茶,小叔叔便张罗着找茶叶拿茶杯,五十七号阿姨却嫌杯子脏了,小叔叔只得去洗。小妹阿姨留心到他洗杯子的水是从水桶里舀出来的,便想,水大约是要从刚才走过的水龙头那里去提的。由自来水想到厕所,这才发现那张硬板床并没有贴墙放,而是留出了空当儿,系了一角花布帘子,那自然是方便之处了。正考虑,五十七号阿姨已经恭恭敬敬地将一杯茶送到了手里:

"姐姐,你喝茶。"

"怠慢,怠慢!"小叔叔跟着说。

她正要说话,却叫五十七号阿姨抢了过去,她侧头斜了小叔叔一眼,说道:"这么噜苏的,快把买来的鱼拿来给我杀。"

小叔叔便去拿鱼,很欢喜的样子,故意跑得颠颠的。鱼刚到手,五十七号阿姨便嚷:

"刀!"

于是又颠颠地拿刀。

小妹阿姨见他们忙,心里嘲笑,嘴上却说:"我来做点儿什么吧!"

五十七号阿姨则用膀子推她坐下了,说:"我不叫你动,今天名是做他的生日,实是要请姐姐你的。姐姐吃多了好东西,今天就尝尝我们的粗茶淡饭。"

小妹阿姨只得坐下,心里嘲笑道:"却已经'我们我们'的了!"

天,渐渐地暗了,屋子里则更黑。五十七号阿姨叫了声:"灯!"灯便亮了。小叔叔蹲在她身后,随时接过命令立即就可执行。看着今日里五十七号阿姨少有的威风,小妹阿姨心里麻麻地不自在,又有点发酸,暗暗骂道:"说是请我,还不是叫我看看你的神气,看看你那个不正经的样子!"脸上自是什么也不露,慢慢地很尊严地喝茶。

五十七号阿姨忙了锅上又忙锅下,忙了冷的又忙热的,终于,七煎八炒都上了桌。她脸热得红扑扑的,头发从耳畔散了出来,蓬松着,一举一动都透着活泼,换了个人似的。这时候,屋外的天也黑透彻了。家家户户闭了门吃饭,喧声平息了。一条斑斑驳驳的台硌路,弯弯曲曲地伸出去,伸向前边深蓝的夜天,别有一种宁静,小妹阿姨的心渐渐平和了下来。

一盏电灯不明不暗地照了一桌热腾腾的菜,小妹阿姨给这叔嫂俩硬劝下了一盅酒,心里身上腾地热了起来,头脑微微发晕,眼睛蒙了薄薄一层泪,再看这小屋,朦朦胧胧的,便觉出了一股温暖。她慢慢地移着筷子,再一次看这房子,心想:只要有个窝,弄好弄坏就全凭自己的本事了。一个男人家会过什么日子,洋房都能糟成了狗窝,这房子要细细整理,也会成个样子的。她光顾着盘算自己的心事,没发觉桌子底下正一脚去一脚来地热闹。

走出屋子时,已经满天星斗。小妹阿姨惊异星星会有这么灿烂,而天是又深又高。她抬头望了一会儿天,然后迈开了脚步。

两人都喝了酒，各自有着不可言说的满意，心情很好，路上便格外地亲密起来，胳膊挽着胳膊。五十七号阿姨喋喋不休地讲起小叔叔的每一桩家事，小妹阿姨饶有兴趣地听，听到后来，才慢慢地问道：

"小叔叔退休了，回不回乡下去呢？"

五十七号阿姨顿时静了下来，静了一会儿，才说："不回乡下回哪里去呢？"

"住在上海养老好了，不是没有房子的。"她轻轻地说，提到房子，心里又是一动。

"他那女人让吗？再说，他舍得下那伙讨债鬼吗？"五十七号阿姨忽然愤怒起来，声音抬高了。

"就是啊，到了这一步，他也是做不了自己的主了。"小妹阿姨同情地说。

"他是顶天立地的大男人，走到哪里都是路，不像我这没儿没女苦命的。"说着又要落泪，又咬牙。

"算了，算了！"小妹阿姨劝解道，"一个人有什么不好，反倒清静。你看，我不也是一个人,也没像你,要死要活的。"

"姐姐是强人,不同我,没心计,耳朵根子又软。"

"我看我们老了就两个人做伴养老吧!"小妹阿姨用戏谑的口气说道。不料五十七号阿姨却认真了:

"姐姐,你说的是真话吗?"

"我什么时候说的假话?"她很俏皮地反问,使之更像一句假话了,五十七号阿姨更着急了:

"姐姐,你不开玩笑:咱们俩要是做伴,我心里就踏实了。"

"我们俩做伴是好,可是两个没有家的孤鬼怎么做伴呢?怎么养老呢?有哪个东家肯收两个做不动的老太婆呢!"

"我们找间房子嘛!"

"房子?你说得好听,这上海不比你们乡下,路上能拾到金子,都未必能找到房子。"

"我们将他的房占了,"她恨恨地说

道,"让那死鬼回乡下,让那群讨债鬼拖死他算数!"

小妹阿姨的心又扑扑地跳起了,酒意退去,头脑像是沉淀了渣滓,忽地清醒起来。五十七号阿姨主动说出此话,既出她意外,也入她意中。她停了很长一会儿没有回答,因为不知该怎么接过话去,既不能接得太急,把她吓退,又不能不接,把她放了。正考虑,五十七号阿姨又急急地说道:

"真的,姐姐,我的主意你说好不好?"

有了这句话,小妹阿姨便有了把握,就慢慢地说道:"难为妹妹你有这个心,只是你叔叔他未必愿意。"

"他敢!"五十七号阿姨逞起强来了。

"你们叔嫂自然是自己家亲眷,不比外人。可房子的事,可不是别的事。"她又说。

"后天得了空,我就去对他说。"五十七号阿姨下了决心。

汽车渐渐地开进市中心,路灯闪闪的,

将条柏油马路照得发光，星星却黯淡了。她们手挽手下了车，一阵凉风吹来，不由打了个哆嗦。

自从闸北回来，小妹阿姨心里就好像托了底。她的奋斗目标仍是张家的小房间，将闸北的房子做了她的后盾。虽然那房子离她的理想很远，可作为一个后盾却是完全够格的。有了这条退路，她便可以勇往直前，无所畏惧。她有了底气了。

她将存在谢家的箱子取出了一个，带到张家，放进了小房间。大弟苦着脸跟在她后面，一无作为的样子。可是等她下一次再去时，却看见箱子立在了门外，门则锁上了。大弟无可奈何地说，是小妹锁的门，钥匙也带走了，她的脾气很臭，做哥哥的也奈何她不得。小妹阿姨吵着要撬锁，大弟便给她找工具，找来一把榔头、一把螺丝刀，一并交给了她。她一手拿一件，却不知怎么撬，最后，将东西狠狠一摔，走了。走了半路又不放心那只箱子，再折转身要把箱子提进大房间，不料大房间也锁了，大弟溜之大吉。她只得硬着头皮去敲隔壁的门，请求将箱子暂放一下。开门的是个做工模样的男人，说话还客气，问她是什么人，箱子又是怎么回事？她一气之下，将自己的委屈全说了。那人便更加热情起来。将她请进房间，坐下，更详细地打听着。她反倒警惕起来，慢慢地住了口。她一住口，那人就说道："这种资产阶级的狗崽子，心肠是大大的坏了！"她一听这话很不是滋味，就想走，并且后悔说得太多。她看出，这人与她、与张家都不是一路人。可是那人却又说道："你这样和他吵，是没有用处的。"

一听这话有了点儿为自己出主意的味道，便又坐定了下来。

"你要拿着户口到派出所去报，就报到他们户口簿上。"他说道。

"可是张家的户口簿拿不到手啊！"她说。

"你去向派出所讲嘛，如今是什么世道

了?资产阶级的狗崽子还这样逞凶霸道,压迫穷人。派出所出面去和他们讲,他们就老实了。"他很耐心地告诉她。

于是她开始跑派出所,不料派出所的态度并不如那人积极,反问她:"你和张家什么关系?"

她照实说了。

"不行,什么时候了,还想用保姆。"他们立即说道,一棍子就打死了。

她赶紧说明这与雇佣无关,只是要一间房子。

那人皱皱眉头,不耐烦了。目前正大杀抢房子风,她却有了这样的心,要及早收回去才好。他们教育她。

她便细叙她与张家的特殊关系,以解释抢房的嫌疑。他们听得倒仔细,听过了就说:"你已经不在张家做了,就不好说了。"

她憋了一肚子的气往回走,那张家的房子越来越遥远地留在了身后,脚下的土地动摇似的让人走不平稳,头脑有点虚恍,做梦一般。她觉得自己是不如从前了，从前的她，只要想做什么，没有做不到的。张家、谢家，都被她攥在了手心，可是，最终不还是孑然一身地出来了？她忽然嘲笑起自己。毕竟不是自己的家呀！没有了家，就是没了站脚的地方，纵然有一身的力气和智谋，也是使不出来呀！到了这年月才意识到这个真理，似乎有些晚了。可是她不认输，何况还有闸北的房子做后盾呢！想到闸北的房子，她心里又稳住了一些，稍定了定神，调整了脚步，继续走去。

　　她积极鼓励五十七号阿姨常去闸北，白日里抽不出空，就怂恿她晚上去，只要第二天一早赶回去，东家就不会有话。至于小菜，她顺带着就买了，买了放在这里。五十七号阿姨下车从这里弯一弯就捎走了。每逢带菜的时候，小妹阿姨总将好菜让给五十七号阿姨。要是买了两只蹄髈，骨头小的后蹄总是给五十七号；买了一块肉，肥的留下，精的给五十七号，五十七号的师母自然不好有意见了。这样的早晨,五十七号阿姨蓬着头匆匆来到,两颊娇红着,眉眼间却有些发黑,拿了菜就要走。小妹阿姨就赶着说一句:"不要昏头,昏了头我再也不管了!"五十七号阿姨来不及地唾一口,赶紧地走。有一次,五十七号阿姨从闸北回来,告诉她:"死鬼答应了!随时都可迁户口了。"下一次,从闸北回来,则告诉她:"死鬼变卦了,不知听了谁的鬼话。"再下次回来,却又答应了。一会儿答应,一会儿不答应,没个一定之规。小妹阿姨却也不着急,因为张家这边的持久战还在进行,胜负尚未揭晓,她抓不住一点儿可靠的实证,却也不灭希望。如果这时候,闸北那边立刻让迁户口,她倒不好办了。直到有一天,她得知,张家大弟走了门路办理了分户手续,才最后死了心。张家将户口分了两份,他和他女人、孩子立一户,住在一个大间。小妹和小弟自立一户,住一个小间。无论是房管处、派出所,还是造反派,都没有理由连一户一间房也不给的。小妹阿姨方才晓得大弟的法道,也晓得了小妹所以能逃脱插队运动的缘由。虽则张家已经一败涂地,成了历史的渣滓,可是既然世道还允着张家的人存在,就总有他们活动的余地,即使是一道夹缝和一个漏洞。小妹阿姨只是不明白,张家老太太那么软弱,老先生除了荒唐以外什么都不会,后辈却是从哪里继承来的精明与手段,或是从上上辈子创业的祖宗隔代相传,或者就是从小妹阿姨自己身上学得的。

现在,她只有一条路,她的后盾推到了前沿,她没有后盾了。她是孤注一掷了。

夜晚,漫长得不可打发,夜光与路灯照耀得房间一无遮蔽。她闭不上眼睛,眼皮上有着光亮的压力。孩子的鼻息声扰着她思想,满腹的心事却涌了上来,集中不了,弥漫得到处都是。最平静的夜晚于她却是最不安宁,心里是一片热闹。过去、将来,在脑海里翻了个,混成一团,待要细细地去想,却又空白成一片,只剩下孩子钟摆样有节奏的鼻息。

闸北方面，需她亲自动手了。

找了一个她小叔叔厂礼拜的日子，小妹阿姨换了一身干净衣服，线勾的网袋里装了一盒沙琪玛，往闸北去了。下了一部车子，又上了一部，车子越往前开，地场越寥廓，苏北话音越来越响亮，也越来越坦荡。小妹阿姨由着车身摇晃，随着窗外景色的清廓，渐渐升起一股凄凉的心情。阳光过于辉煌，照耀得人彷徨起来。她下了车，沿着那公路似的马路走了几步，然后拐进了弄堂样狭窄的小街。阳光直射在台硌路上，路上每一块石子都在朝四面八方反光，刺得眼花。她踩着一块块光亮的石头走了过去。中午时分，街上极静，十字路口那一个水龙头没关紧，水珠滴在水泥地坪上，溅开细得看不见的水花，滴滴答答地响。

她几乎有点认不出那间房子了，它是那么矮小，似乎要被两边的房子挤没了，缩头缩脑地勉强站住了脚，一扇木门上下漏着两指阔的缝。她犹豫了一下,最后看见钉在门上的门牌号码,才下决心敲门。没有回应,她再敲,便听门里有人嗫嚅着答话,像问"是谁?"她觉得不好回答,只好又敲门。

门开了,小叔叔睁着一双朦胧的睡眼,总算认出了小妹阿姨,慌乱起来,赶紧请她进房间,却又迟疑了一下,可小妹阿姨已经跨进了门。床上被褥摊开着,充斥了一股夹了葱味的屁味,小妹阿姨几乎要捂鼻子,可又忍了下来,笑盈盈地说道:

"小叔叔没出去啊?我正好有事从这里过,顺便弯进来看看小叔叔的。"

"我想呢,哪阵风把小妹阿姨吹了过来,难为,难为!"他不晓得应该过去叠被好,还是不叠的好,犹豫不决地站着。

小妹阿姨拖了一张凳子自己坐下,说道:"麻烦你倒杯水给我好吗?走路走得很累,就是想喝口水歇歇脚的。"

小叔叔这才找到了事情做,便很殷勤地去倒茶。他早已从嫂嫂处听得了这位小妹姨,视她为大恩人,见她登门,自然是不晓得怎么才好了。

"小叔叔平日里自己烧饭,还是吃食堂呢?"小妹阿姨专心地喝着茶,慢慢地问道。

"在厂里就吃食堂,下班回来就自己烧。"他这才找了凳子坐下,慢慢地回答。

"烧煤炉啊?"

"烧一只火油炉子。"

"哦,怪不得你嫂嫂向我要日用卡办买火油的卡呢?"

"她平时总是麻烦你,真是谢谢了。"他说话渐渐流利起来,也有了些灵感,说出了很聪明的话。

"她和我就像亲姐妹一样,她有事不找我又找谁呢?"小妹阿姨放下茶杯,理了理头发,从网袋里摸出点心盒子,随手放在桌上。

小叔叔立即站了起来:"这是干什么?是特地来叫我难为情的吗?"

"一点儿小东西,你这么推我倒要难为情了。"

"不行,不行,你无论如何要带回去的,小妹阿姨。"

"这点点东西,哇啦哇啦的,叫人听了也忒小气了。"小妹阿姨将盒子重重一按,那盒子便像按进了桌子里面似的,不好再动了。小叔叔只好干搓着手,连连地说:

"难为,难为!"心里却是极明白,小妹阿姨必定有话要说,要说的什么,他是半明半暗。

小妹阿姨重新端起茶,细细地喝着。小叔叔盯着她喝茶的嘴,等着从那里说出一些很难应对的话。她终于放下了茶杯,却问道:

"烧开水用的也是火油炉?火油不是太费了吗?"

"附近有老虎灶,到老虎灶泡水哩。"他回答。

"那好。"小妹阿姨说了一句,就不再说什么了。

"姐姐今日来此地是找人吗?"小叔叔问道。

"有事,正好从这里走过。"她说。

"我嫂嫂还好吧?"

"你要想她来,我回去就对她说一声,很便当的。"

"没得事,没得事。"小叔叔微微有点发窘,摊平手掌摩挲着短短的头发根。

"你嫂嫂命很苦,你要对她好才好呢。"小妹阿姨很知心地开导他。

"是啊,是啊,我哥哥死得太早了。"他回答。

小妹阿姨又喝了一回茶,放下茶杯,他便抬起头看她,等着她说话。他盼着她赶紧说,说了反倒安心了,他决不相信她是没有来意的。她则站起了身,说:

"歇够了,茶也喝了,该走了。"

小叔叔紧张了这半天,不料什么也没发生,简直有点失望,却也松了一口气。

小妹阿姨走到门口,又停住了,回头说道:"那事,你嫂嫂没有和你说吗?"

"什么事?"本来已经松懈下来,这时

不由一怔。

"你退休回乡,我们给你看房子的事呀!"

"她说了。"他措手不及,就这么说道。

"你真的想想,这房子,让我们住,总比空关着好。户主是你,房主也是你,我们不过结伴住住罢了,你说呢?"

"小妹阿姨考虑得很周到。"他只得说道。

"就当出租给我们住的,我们每月付房租好了,小叔叔。"小妹阿姨微笑着,半真半假地说。

"小妹阿姨又说笑话。"小叔叔额头上冒汗了。

"不说笑话,我们是亲兄弟明算账。"小妹阿姨微笑着看他。

"钱的事情好说,不过……"他挠着短短的头发,头发便发出沙沙的声音。

"不过什么?"小妹阿姨问道。

"要到我退休,你们才好住进来呢?"他说道。

"那自然是要等你退休了。本来就是商量退休了的事情。现在请我住过来我也不来呢,这样冷清,这样路远,做什么也不便当。"

"就是这话,就是这话。"

"不过,户口倒可以早点儿迁过来的。"

"户口不忙,户口不忙。"

"忙倒是不忙。不过事情还是慢慢地一点一点办着好,我不喜欢临到时候心急慌忙的。"

"是啊,是啊!"形势迫人,小叔叔的灵感调动不起来,只有应付的份了。

"好,我走了。我让你嫂嫂晚上来啊!"小妹阿姨见这情形,明白不便逼得过紧,到好就收了。她走出狭狭的小街,水龙头正大开,哗哗地冲击一条床单,水花四处溅着,落在她穿着方口布鞋的脚背上,凉沁沁的。她走了过去。

汽车慢慢驶进嘈杂的市中心。人潮如涌,推着她身不由己地乱走,好容易过了马路，走进了五十七号阿姨的弄堂，告诉她晚上去一次闸北，她小叔叔有事找她，然后就慢慢地回自己的大楼了。她相信，在她今天努力的基础上，再由五十七号阿姨来一些枕头上的缠绵，事情就有八九成的希望了。她虽没有结过婚，也没经过男女间的故事，可是其中的道理却是无师自通的。

张家方面的路一断，她的全部心思便注入在了闸北方面。每隔一二个月，便和着五十七号阿姨去一次闸北。带点儿菜去，在他的火油炉上烧几个小菜，小叔叔吃得眉开眼笑，什么事情都应承了下来。小妹阿姨乘机就提迁户口的事，他便说："已经是妥定了的事，户口不过是早迁晚迁，我一个顶天立地的男人，怎么会欺骗你们。"五十七号阿姨早已叫他几句好话说得晕了头脑，也跟着说："姐姐忒性急了，他要敢反悔，看我不杀了他的头。"说着便用手在他颈后砍了一下，他则及时缩了一下脑袋。

小妹阿姨坐在灯影的暗处，默默地看着

叔嫂俩一句去一句来地斗嘴，心里怅怅的，有一点儿屈辱，有一点儿气愤，又有一点儿忧愁。脑子里什么也不愿想，什么也不敢想，只怕想多了，会放声哭起来。她将相握着的手，平平地放在膝上，静静地坐着。脸蒙在灯光的黑影中，头部与肩膀的轮廓上镀了一道光亮，纹丝不动，一座观音似的庄严和肃穆。

距离小叔叔退休尚有十年的时间，小妹阿姨决计等待十年、奋斗十年，直到搬进房子的那一日。她对那一日的渴望已经到了不敢憧憬的地步。她不再观望远处，只注意着眼下的每一日、每一月，勤勤恳恳地度着岁月，好将那岁月一日一日地度过去，然后走进那房子。与那房子之间，有着十年的路程，小妹阿姨除了她固有的精明以外，还要加上耐心和执著。她毫不懈怠地一步一步走着，走到第五个年头上，希望的曙光开始隐现，再有同样的一段时光与努力，房子便可得了。

却不料，粉碎"四人帮"不久，恢复了

顶替制度。遵着这制度，小叔叔提前退了休，让他家老三，一个呆头呆脑、土里土气的小苏北佬儿进了工厂，迁入了户口，成了房子合法合理的主人。他将在这房子里娶妻、成家、生儿、育女，一代一代地过下去。

小妹阿姨大病了一场，躺在病床上，她细细想着自己的一生。她想：当年在张家，要想着终会有老太太没了的一日，就不必太逞强称霸，至少讨好讨好小辈；既要逞强称霸，干脆逞到底，再赶也不走，死不迁户口；既为了脸面，只得走了，这时好歹找个男人；就说不嫁人，趁着"文化革命"开始，不那样心慈手软的，挤进去抢一间房子；退到最后一步，要趁小叔叔高兴的日子，硬拿了户口去迁，他不依，就告他个欺侮寡嫂……事情败就败在她做事为人，不能好，又坏不到底。她虽是有勇有谋，却又少了眼光。可是，纵然小妹阿姨有多少精明，能奈何得了时代的潮流吗？小妹阿姨再逞强，终也强不过命了。

阿芳的灯

人常会有阴郁的日子,犹如有时有阴天。

走在那条湿淋淋的小街上,家家门户紧闭。雨滴敲在水泥的路面上,滴滴答答响,在空寂的街上溅起回声。望着铅灰色的云层,听着四下里单调的雨声,心里涌上了一种莫名的悒郁。

在阳光明媚的日子里,这小街却也不失明媚。家家户户半启着门,老人在门前择菜,小孩在门前嬉闹。在安静的老人与活泼的孩子的身后,是他们各自的家。这一排临街的家里,有着什么样的生涯?如有余暇,又有闲心,便会好奇。

有一天,一个很平常的日子里,虽不是阴天,也并非无云的日子,我走过这里,无心地回头,望见一扇大敞着的门里,似乎已经是午饭以后很久的时间了,可是桌上依然杯盘狼藉,一条壮汉横在竹榻上睡得烂熟,苍蝇停在他的腮上,十分安然的样子。一个老妇人,像是壮汉的母亲,背着门在踩一架沉重的缝纫机,粗钝的机器声盖住了汉子的鼾声。满屋子都是叫不出名目的破烂东西,我甚至嗅到了一股腐臭味,于是便扭回头,走了过去。日头已成夕照,灿灿地映着梧桐的树叶,我从树叶斑驳的阴影中走了过去。

后来,我一日三回地在这条街上往来了,因我搬进了新居,上班需从这里走过。也不知过了多少日子,我经过这里的时候,这街上有一个小小的水果摊,摆在临街的一扇窗下。窗和门是新漆的红褐色,窗门上有绿色玻璃钢的宽宽的雨檐,摊边坐着一个女孩,留着日本娃娃式的头发,浓浓的刘海儿罩着活泼泼的眼睛,脸形十分清秀,只是略有些苍白,可是,唇却天然的红润。她穿的也是红颜色的衣服,一朵红云似的停在黄的梨、青的苹果、黑色的荸荠旁边,静静地看一本连环画或是织一件不仅是红色的毛衣。如有人走过,她便抬起半掩在乌黑的额发后面的眼睛,如那人迟疑了脚步,她就站了起来,静静地却殷殷地期待着。很少有人会辜负这期待的。

有一次,我站住了,在她的水果摊前。她迎上来说道:"买点儿什么吧?"她的声音粗糙、沙哑,与她清秀俏丽的外表十分不符。我停了一会儿,她便以为我在犹豫,又说道:"今日的哈密瓜好得很,昨晚才从十六铺码头进来的,虽然贵了一些,可是划得来的。"

我没买哈密瓜,挑了几只苹果,我看见她举秤的手是一双极大的手,关节突出,掌心有些干枯,无言地流露出辛劳的日子,而她的脸却是极其的年轻,脸颊十分柔滑、白皙,眼睛明澈极了。她称好苹果,用一架极小的电子计算器算账,粗大的手指点着米粒大的键钮,数字显现了。她爽快地免了零头，帮我将苹果装进我的书包。

天黑了以后，这里的生意便忙了许多，除了女孩，还有个男人在帮忙，听他叫她阿芳。我猜想这个男人是她丈夫，可又觉得她委实太年轻，远不该有丈夫。可有一日，我忽然觉得阿芳有些异样，来回走了几趟，观察了几遍，才发现是身腰粗壮了，显然有了身孕，心里不由升起一股奇异的感觉，很惋惜似的，又很感动。再看他们一对，也觉得颇为美好。他结实健壮，而她清秀苗条，且又年纪轻轻，叫人羡慕。他干活不如阿芳利索，态度也欠机灵，可是，对人的殷切却是一样的。那一晚，他为了要我买下一些烂了一半的香蕉，在蒙蒙细雨中执著地跟出了几十步远，嘴里直反复地说：

"要没有带钱，以后再给好了。"

有一日，买荔枝时，阿芳便与我搭话了：

"见你总在这里走过，大约也住这一条街吧，几号里的？"

我告诉她住的并不是同一条街，每天必

须走过是为了去上班。

她说:"我想也是。"帮我将荔枝束成把。我看见她脸上有了褐色的孕斑,嘴唇也有些黯淡,手指甲上却涂了鲜红的蔻丹,与那粗大的指节相抵触着,虽免不去俗气,却又一派天真,心里竟没有反感。又问她:

"水果是谁弄来的呢?不会是你自己吧。"

她说:"是我男人。他下班以后,或者上班以前,去十六铺。"

"那么执照是你的了?"我问。

"是的,我是待业的嘛!"她回答,脸上的孕斑似乎红了一下,我便没有多问。

有了阿芳和她的水果摊,这条街上似乎有了更多的生机,即使在阴霾满天的日子里。

深夜时分,落着小雨,我从这里走过,一条街寂静着,家家都已闭了门。我远远地看见,阿芳门前有一盏灯,她挺着肚子,坐在一把椅子上,低着头织一件毛衣。我不愿惊动她,就从街的这边走过。她的俏丽的侧影隔了一条湿淋淋的马路,慢慢地度过我的视线。

后来,水果摊收起了,大约是阿芳分娩了。这时分,这街便格外地寂寞与冷清了。无论是阴霾的日子,还是晴朗的日子。阿芳的门关起来了。关起来了的门,如同汇入大海的水滴,退进了那一长排列、面目如一的门里。我竟再也不记得哪一扇才是阿芳的门,如在它启开的时候,留心一下门楣上的号码,就好了。可是,偌大的世界上,一个小小的阿芳,又算得上什么?几个来回以后,便也淡忘了,习惯了这没有水果摊的小街。这里不过是我的一条过路,路的两头才是我的生计。而我于这街,也只是过客,那同样的门里不同样的生计于我是隔膜而无关的。

我照样天天从这里走过,将这方块水泥板拼成的路面走了个熟透。临街的窗户里挑出青青的竹竿,晾着衣服,衣角上滴下的冰凉的水珠,都与我稔熟了似的,常常俏皮地落在我的额上。还有的时候,会有五彩的肥皂泡从上面飘落,我会用手掌接过一个,它停在我的手心,好像一个梦似的照耀着我。我以为这是一个孩子的梦,后来它无声地破了,在我手心里留下一点儿滑滑的水迹,可是又有新的,更美丽地飘下,追着我来了。从冬到夏,从秋到春,有阴郁的日子,也有明朗的日子,这街于我已经熟悉得亲切而平淡了。只是有一回,临街的楼上,忽然落下一朵断了枝的紫红的月季,落在我的肩上,又落到我的脚边。这是一个十级台风过后的透明的清晨。这时,就好像得了一个消息似的,我想起了阿芳。我想,阿芳该做妈妈了,阿芳的宝宝是男还是女?阿芳大约不会再摆水果摊了吧!

然而,阿芳还是摆水果摊了。很多的同样的日子以后的一个同样的傍晚,我忽然看见了阿芳。她依然是刘海儿罩到眼睛,眸子依然明亮,她依然穿了一件红花的罩衫,依然十分地白皙,安然地守着一个姹紫嫣红的水果铺。可是,她怀里抱了一个白白胖胖的婴儿,有着和她一样鲜艳的嘴唇。苗条的阿芳抱了一个白胖胖的娃娃,看上去是那样惹人喜爱。她似乎并没认出我,用一般的热切的声音招呼:

"买点儿什么吧?"

我挑了一串香蕉,她将孩子放进门前一辆童车里,给我称秤。我看见她的无名指上,多了一枚粗大的赤金的戒指,发出沉甸甸的幽暗的光芒。

从此,这里又有水果铺了,又有了阿芳、阿芳的男人,还有阿芳的孩子。阿芳也渐渐地认识了我,或是说记起了我,过往都要招呼,要我买些什么,或问我昨日的瓜果甜还是不甜。我还可以自由地在那里赊账,虽然我从来不赊。

毛头渐渐地,看不出大似的大了起来;阿芳也渐渐地看不出胖似的胖了起来,却依然苗条、俏丽,脖子上又多了一条粗重的金项链,腕上也有了一串小巧的手镯。夜晚,将电灯接出门外,灯光下阿芳织毛衣,阿芳的男人看书,阿芳的毛头在学步车里学步。摊上的水果四季变化,时常会有些稀奇因而便昂贵的水果,比如芒果,皇后般地躺在众多的平凡的果子中间。

这一幅朴素而和谐的图画,常常使我感动,体验到一种扎实的人生力量与人生理想,似乎揭示了人生与生活的本源。在那些阴雨绵绵的日子里,在那些心情烦闷而焦灼的日子里,看到阿芳,甚至只需阿芳门下的那一盏昏昏的灯,也能使人宁静许多。

一个夜间,天下着大雨,雨点落在地上,溅出一朵朵的水花。街上几乎没有行人,自行车是那样飞快地掠过,眨眼间不见了踪影。我走过这里,阿芳的门前也冷清了,却还开着门,门里点着灯。忽听有人招呼我,在雨声里像是从很远的地方传来。转脸一看,却原来是阿芳的男人,正站在门口。他说,今日有极好极好的香瓜,不甜不要钱,或者买回去吃了再付钱,等等,诸如此类的话。朝他笑一笑,我便收了伞进去。

毛头睡着了，盖了一条粉红色的毛巾毯，伸出头，口里还含着手指头。阿芳在看电视，电视里正播放越剧大奖赛的实况，是一架二十英寸的彩电。屋里有冰箱、双缸的洗衣机、吊扇、录音机，等等。我从筐里挑好了香瓜，付完了钱，阿芳的男人又邀我坐一坐，避过这阵大雨。

雨，确实下得太大，瓢泼似的。我没有走，却也没坐，站着与他说话。我问他：

"就你们自己住这里吗？"

他说是的，姆妈在去年去世了，本来姆妈睡阁楼。

我这才发现阁楼，占了房间的一半位置，木头的拉门很仔细地漆成奶黄色，静静地闭着。

"水果赚头还好吗？"我问道。

"没有一定的，"他说，"像去年夏天的西瓜，太多了，天又凉快，价钱一下子压了下来，蚀了有几百呢！国营商店蚀得就更多了。"他笑了一下，自我安慰似的。我觉得他虽长得粗壮,眉眼间却还有一丝文气,像读过书的样子,就问他是做什么的,他说只不过是车工罢了,插队回来,顶替姆妈的。

  我脑子里忽然闪过一个念头,想起很多年以前,从这里经过,有一扇门里的邋遢而颓败的景象。那里有一个儿子,也有一个母亲。或许就是这里,就是这里,一定是这里。我激动起来。阿芳随着电视里的赛手在唱"宝玉哭灵",她是那么沉入,以至竟然没有在乎我这个陌生人的闯入。我看着她,心里想着,难道是她拯救了那个颓败的家?照耀了一个母亲和一个儿子的黯淡的生计,并且延续了母与子的宿命与光荣?

  可我不知道这里究竟是不是那里。这里的所有的门,都是那样的相像,紧闭起来时,再分不出你、我、他。我极想证实,却又不敢证实。我怕我的推测会落空,就像怕自己的梦想会破灭。我很愿意这就是那个家,我一心愿意事情就是这样。于是,我决定立刻就走。雨比刚才更大更猛,阿芳的男人极力地留我,连阿芳都回过头来说道:"坐一会好了。"

可我依然走了。

我逃跑似的跑出阿芳的家,阿芳的灯从门里幽幽地照了我好一程路。我没有再回头。我怕我忍不住会去发问、去证实,这是那么多余而愚蠢。我不愿这个美丽的故事落空,我要这个美丽的故事在着,与我同在。

就这样,我自己织就了一个美丽的童话,在阴郁或者阴雨的日子里,激励自己不要灰心。并且,还将这童话一字一句地写下,愿它成为这条无名的小街的一个无名的传说,在阿芳的毛头长大的日子和那以后长得无尽的日子里。

闺 中

时间似乎是从她身上滑过去的,没有留下痕迹。你猜不出她的年龄,她看上去还像是在妙龄。纤细的身体,光洁白皙的脸,五官的轮廓很清晰。重要的是在表情,她的脸保有着一种少女的微嗔微喜的神情。她的嘴形两头微有些翘,眼梢也有些翘,这是保有这种表情的原因之一。几乎没有皱纹,连笑起来,皮肤也是平整的,眼角这儿有一点纹路,可因为眼梢是弯曲翘起的,反延长了眼线,更显出妩媚。总之,她在外形上没有一点老,不是老,甚至不是成熟,只是成长的意思。但是,你却不放心,或者说不相信,她就真的是妙龄。不知道是在什么地方,一点一点地渗出着岁月,而且,一旦渗出,就是一片。在这纤细、光滑和精致的表面之下，有一些凝结的，越来越硬实的东西，怎么说呢？什么都没有变，但含量却在增加，积累。谁知道呢？也许，到了某种程度，就会改变外形。所以，人们都说她年轻，其实，话里面，底下的意思是，当然，她并不是个年轻女人了。

可你还是猜不出她的年龄，不好猜。总归是，也显然是，已过了婚龄，而且过了蛮久。因为什么？因为纯，没有情欲的痕迹，而这纯里面，依然是凝结的，越来越硬实的东西。没有阅历的空洞的时间，压缩在一起，质地似乎更加密实。所以不是真正的少女的纯，少女的纯，倒是有些杂芜的，挤着些混杂的未明的经验，疙里疙瘩。那过了年限的纯，则是凝固了的，多少，有那么一点，像化石。这一种固定的年轻的容额，甚至比某种苍老还能看出岁月。那些苍老的面容，一般会有着波动的因素，就是活力，它侵蚀和改变着肌肉、纹路、皮质的成分与形状。也许,当然,会有些丑,可是却由此具存了活泼的性格。这种性格里永远包含着青春的特质。青春,因为活动与不安的内质,外部常常会是扭曲,歪斜,粗糙。所以,你并不能说她没有度过岁月,只是,岁月从她身上滑过去了。她长是长了,却没有长大。看她歪着头,翘着小指,拈了一片什么零食,橘瓣还是香蕉干,往撅起的嘴里送去时,你看到的还是一个小女孩的形状。还有,她对你一笑,眼角与嘴角一起弯上去的时候,至多也只是个十来岁的小女孩。她的头发很黑,没有一根白发,柔软地直抵腰际,在发根处松松系一条手帕。这就显得略大一些了,是个少女,有些旧式的。大约二十年前,小户人家女儿的装束。户内与户外之间,弄堂里,或临街的门前。一半是慵懒,一半是刻意为之的装扮。所以,是少女,却是二十年前的少女。倘要出门了,她便要在手帕、折扇、耳朵后边,点几点香水。若是花露水,那就是三十年、四十年前的少女了。没那么久远,是国际香型的,于是,时间就又回来了点。她出席较为隆重的场合,身穿一袭黑丝绒的旗袍,高跟鞋将她原本娇小的身体托高了,变得修长。一条暗红桃花的丝质披肩,手上握一个小小的镶珠子的小包,简直是转世的淑女。可巧合上了当今的时尚,岁月拉开的距离又闭上缝了。就是这样,她在时间里周游得开,顺势而行,不是那种不甘心的性格,硬挣的。要是硬挣,就又要留下痕迹了。所以,又像是她,从时间里滑了过去。

她就这样和顺,一点不抵抗,所以没有一点时间的擦痕。可她也不是像森林的睡美人,睡过来的,她也是从世事里走过来的呢!上学,从小学到中学,"文化大革命"中毕业,待业,然后工作,在一家幼儿园里做会计。几个时段加起来,算一算,大致可晓得她的年龄。然而,谁又相信呢?年龄不是开玩笑的,今年和去年就不一样,到底是几十年的时间啊!人们当面不问,背后互相打听：她有多大了？要是恰巧被她听见，她便回过头，莞尔一笑：老太婆啦！她的笑和"老太婆"那么的不符，不自然，可其中又有些什么，令你不得不信。说实在的，这两者在一起，有一点，一点森然。事情总是有些怪异。到了这样的境地，似乎不再是年轻不年轻、好看不好看的问题，而是另一种，另一种什么呢？不知道。

　　谁也不了解她的生活，这不了解不是因为她的生活究竟有多么复杂，恰好相反，是过分的简单，简单到人们不了解了。她从来只跟着一个人生活，就是她的母亲。她的父亲是谁？是去世还是离开，离开又是在了哪里？谁也不知道，也不发问。在那个年代，也就是五十年代开初，许多家庭都是一半一半的。大概也是和时代有关系，处在变革的时日，一下子掐了头去了尾。那万家灯火的格子里，有多少缺父少母的，小孩子懵懵懂懂地，一日一日长成大人，有几个没事找事，想起来追踪寻迹的？有个母亲，母亲呢？有个女儿，应当说是个不错的组合，简单，稳定，和平，幼有所养、老有所靠。没有夫妻间的龃龉，兄弟的争夺，母女的关系，又有些像姊妹，特别好做伴。这城市的街头巷里，你看熙来攘往的人多，其实彼此并不知根底，且都有自家的隐衷。所以，挤挤碰碰的底下，是私密的生活。做朋友的，多是自家人，姐妹啦，姑嫂啦，舅甥啦，当然，还有母女。

她的母亲，看上去可真像她的姐妹。和她一样，是娇小的身材，眉眼也是俏的那一种，肤色白皙。穿着打扮，也很俏。并且同样显得年轻，可是，究竟是出了限度，那种时间积压成的凝结硬实的内核达到一定程度，还是从内部促变了外形。这表现为外形上有一种"收缩"的趋向。不是"瘦"，也不是"起皱"，依然是光洁整齐的，只是光度不够了，暗，因为质地起了变化。再有，母亲到底比她多了阅历，不说别的，单只是结婚，生育，婚姻的某一种变故，总归改变了时间的空洞性质，留下了烙印。因此，她的神情就要比女儿多一种世故，多一点终于过来了的轻松，自得。这一点多出的东西，很微妙地使她比女儿生动少许。所以，甚至，她还要比女儿略微显得好看。然而，终究是，母女都一样的，遗传而来，淡泊的性格，经历的烙印比起一般人来，平服得多。单个看，她是老太婆，那种"小老太婆"，俊俏的活泼的小老太婆。与女儿合起来看，就像姐妹。

她们母女连穿扮都差不多。她小时候，母亲就将她往淑女里打扮，留长头发，挽起来，蝴蝶结系成一个垂臀的样子。穿织锦缎面装袖盘纽的骆驼毛棉袄，是母亲裁下的零头料做的。底下是母亲穿旧的啥味呢西裤，掉头翻身改制的长裤，裤口略紧，盖一点黑牛皮，鞋口镶一周假灰鼠毛的皮鞋。母女一同走出，是一大一小两个淑女。她长大些，到了十三四岁的光景，就和母亲一样身高，有了些主意。于是母女一同上绸布店剪衣料，七算八算，买回来套裁。有现成的，两人就买得略有些差别，但还是属一派风格的。这时期里，她的穿着不免是老气的，因是往母亲的年龄上靠，是成年女子的格调。甚至到了青春的年华，她依然老气。那是在"文化大革命"的日子里，街上的流行是那一派的，工农化的草莽气，多少有些戏剧化，其实和今天的潮流倒相合了，就是另类，宽裤腿，拦腰一根宽皮带，女孩子爱穿男式军装，从风纪扣开始，一扣到底。她们母女，简直就像上世代的遗民，关在她们的亭子间里，将裤腿略略放开，放足规定的六寸。又将衬衫上的一些蕾丝与绣花拆去。让旧时的衣装，至少去除了腐朽的特征，但她们还是在暗处想办法。那时节，悄然中传播着许多种毛线的钩法、花色，比如说，阿尔巴尼亚花。回到家中，将这间双亭子间的门一关，母女脱了外套，显出颜色鲜亮、样式别致的毛衣。两人的年龄都模糊掉了，你说她们很艳丽，是两个佳人，可却是落后的，不是本时代的人。尤其是她,本来是她的时代,她不跟上,反是退回去。这时节,她高中毕业了,应该是上山下乡,可这是母女俩连考虑都不考虑的。学校,里弄,也看是寡母孤女,拆散她们于情于理不合,并不来认真动员,最终归入待分配的一档。反正,母亲有工作,在区饮食公司做出纳。从来都是一个人工资两个人花,并不觉着有什么负担。待分配的日子里,母女迷上了钩花边。每人每季度配给一张线票,每张线票可供买四团棉线。她们用鱼票、肉票、蛋票甚至粮票,去向人家换来线票。好在她们都是食量很小的人,也没有太强的口舌之欲。买来棉线,钩成茶巾、桌布、沙发巾、手套。花边的花样也是在悄然中流传着。她还用全黑的线钩了一件上衣,跨袖较宽,青果领,不系扣,春秋季节,可罩在衬衫外边,黑的镂空里透出衬衫的花色,在那年代称得上是华丽了。不安的、骚动的青春期,便在这乱世的安逸中平静度过了,留下来的是满屋子镂空花的棉线饰物。一眼看过去,有一种缭乱与繁华,但因为都是白色的,所以又归于纯净。后来,她进了一家街道的幼儿园,巧得很,也和她母亲一样,做财会。这已是"文化大革命"的后期,七十年代中期,街上的流行趋向回归,有了日常生活的面貌。而她呢,也已是真正的成年女子。她的衣着就不再显得老气,而是正好。她的风格是保守中略带花哨,比如,冬春交接的时节,她穿一件藕荷色花呢的外套,领口里围一条红绿混花的丝巾,海军呢西裤,短丁字黑牛皮鞋。头发是编两条辫子,再用一个有机玻璃发卡,卡在一起。这时候,风气还比较严谨,但不像前些年紧张,这样有些市民气的装束,却变得新派起来。

她和她母亲,在这年头,很点缀了这城市的街景呢!她母亲基本和她一样,只是发型不同,是将头发编一条辫子,她们母女都是留长发的,编一条辫子,沿了额际盘一周,用卡子别住。等到七十年代末期,风气开放,她母亲便在脑后盘一个髻,用黑线发网兜住;她呢,则将头发打散,束一把马尾。此时,她的年龄开始赶上她的衣着,并且有超出的趋向。不过,她们母女所倾心的这一派衣着,足够一个漫长时期用的。就像戏曲行当里的青衣,从年少到年长,只要性情无大变,便可用一种扮相。她倒反要比过去显年轻了。随风气大变,她们也增添了一种装扮,就是化妆。最初,她们是互相给对方化,手练熟了,才自己给自己化。她们各自对一面镜子,那种老式的三门镜的梳妆桌,她们各对了一面,匀了粉底,描了眉毛,再画眼线,将眼梢略往上挑一挑。嘴是小嘴,嘴角也要挑一挑。最后,扑粉定妆。此时,裙子也兴起来了。她们都爱穿裙子,长裙,几乎抵脚背的。冬天时,便是呢裙,裙子下是矮靴,套住里面的锦毛裤的裤管。等天鹅绒连裤袜兴起时,才改了穿法。裙子比裤子好配衣服多了,各色羊毛衫,长短外套,而且,更有端淑的气质。外面是长大衣，立领的。装扮好了，走下楼，出门，跳舞去。

她们多半去的舞厅是那种街道，或者破产工厂办的中老年人舞厅。票价便宜，风气也正派规矩。还有，就是母女俩单位里举办的联谊性质的舞会。也规矩，没什么乱七八糟的人和事。她们谁也不带舞伴，就自己跳。她们彼此配合很和谐，各种舞步都会跳。当然，有时候，也会有人分别请她们跳一圈，那种中老年人舞厅里，常常卧虎藏龙，有一些真正的绅士呢！他们走到母亲或者女儿跟前，微微一躬身，似乎屈了屈膝，其实并没有，然后接过她们中的一只手，悄无声息地滑入了舞场。这些舞场大多是水泥地坪，但被鞋底也磨得够平了。这母女俩的身子都很轻，很好带，在绅士的引领下，翩翩舞着，舞过一曲，回过来，还是两人，面对面地舞，舞到最后一曲，也不顶晚的，十点半或者十一点。两人穿上外衣，出门去，沿小街或者弄堂，左兜右绕地，回了家。

她们住在一条旧里中的一间亭子间。这是一间双亭子间，比通常的，层与层之间，那朝北的一小间要大出几乎一倍，有两扇并排的北窗和一间对天井的后窗。她从出生起便在这里生活，从来未曾离开过。卫生间是与二楼人家合用；厨房呢，就在门外，楼梯拐角处安一只俗称乌龟头的煤气单灶，烧水起炊。母女两人的家，照理是寒素了，可因为有一堂花梨木的西式家具，满满的，倒还行。再铺上盖上那年头钩成的织品，堆纱叠绉的，有一种闺中的绢阁气。母女二人生活久了，就都有些洁癖，将十二三平方米一间屋揩拭得纤尘不染。那斑驳脱落的墙皮里面，门和窗都朽得快散架了，谁能想到，嵌着一格小天地呢？夏天用的蒲扇，细麻绳滚的边，又有劈薄劈细的篾条一团一团绕住扇柄，挽一截丝绳的那种，收拾好，挂在大衣橱的橱门后头的钩上，一般是挂男人的帽子或者领带的。冬天的热水袋，套了花零头布缝的套子，收拾好了，收在五斗橱最下面一格抽屉里。放在一起的有一听旧衣服上拆下的纽扣,一捆绒线针,一个巧克力铁盒。盒里是各色各样,用空的香水瓶,没什么用处,却舍不得扔;还是三四张,非常难得的贺年卡,来自某位疏远的亲戚手中,似乎是心血来潮地寄出一张,以后就再没想起来寄了。每年大扫除,都要思忖一遍,要不要处理,却又推给了下一年。将抽屉里垫的纸换上新的,再又一件件放好。铺抽屉的纸,以往是用旧报纸,都说旧报纸上的油墨味驱蛀虫。可渐渐地,想不起缘由了,又有了更加硬挺光滑的年历纸,便改了习惯。一格一格抽屉换了纸,最后换到橱顶上的。橱顶上放了两把算盘,是母女俩的吃饭家什,也是玩具。晚饭以后,那时也没有电视,一人一把,比赛打"九九令",就是"一二三四五六七八九"加九遍"一二三四五六七八九",看谁打得快而且打得对。两个人六个手指拨着无数个算盘珠子,不说看,听起来也好听极了。后来,算盘换了电子计算机,用不上了,这游戏还又持续了一段,渐渐也停息下来,不玩了,看电视呢!算盘就到了橱顶上。所以,还是有变迁,只是和缓,平顺,不是惊涛骇浪的革命。

不过,她们的家倒也不是听起来的那么清寂,有一些常客呢!有一位母亲的老朋友,还沾着点亲,母亲喊他芸兄,她则叫芸舅舅。住在浦东,那时候的浦东,说话都有着口音的。来时总带些甜芦粟,老或嫩的菱角,自家蒸的糕,有时礼重,会是一只嘴脚蜡黄的母鸡。母亲呢,云片糕,鸡仔饼,两斤白蛋糕,定要让出空的袋子再满着回去。坐下来,叙叙旧,无非是那一年,谁家大殓时的一场火烛;董家渡路上,人扮鬼骗人钱财,某家一位嫂嫂被吓死。听起来都像是小道新闻,街头巷尾纷传的,只不过被他们说得煞有介事。因为多少年听下来了,那里面的阴惨气氛早已褪尽,变得颇为平常。这个芸舅舅,在她待分配时,为她介绍过一门亲事。一个技术员,比她年长五岁,浦东本地人,家有本地房子,三上三下一栋楼。照理是不错,那时她又看不到什么前途。可单为了家住浦东这一条,她便应允不了。她自小在这城市的西区长大,西区虽然繁华,可她住的只是陈旧里弄的一间朝北小屋,冬寒夏热,台风季节,还要漏雨。是她住惯了的,几站路远的地区她都感到陌生。中学时,有几次下乡三秋劳动,去的是奉贤、松江和北新泾。每一次去,她母亲都要给她带上一包内裤和一包别针,内裤和别针的数目是根据天数来的。倘是十四天,那就是十四份。母亲要她将每天换下的内裤,全都裆在里边,四边裹起,然后钉上别针,带回家来洗。乡下的河浜水里,不晓得有几千种、几万种的细菌和腌臜。为了这回做亲没做成的事情,母亲多少与芸舅舅生了芥蒂,以为芸舅舅是将女儿当作嫁不出去的老姑娘。岂不知,有多少待业在家的女孩子向往这样一门亲事。所以,那浦东人很快就找到了对象,比她低两届,还是大户人家出身,也是不愿去插队落户,硬留在了上海。当芸舅舅来说这件事时,母亲与她只是笑笑,并无芸舅舅所期待的惋惜之意。

常客里还有两三个她小学和中学时的同学。均是那类中等资质的女生,性情与她接近,颇为淡泊的,但她们在一起,亦有着她们的乐趣。说说其他女生的是非,里巷间的传闻,一同到附近电影院看一场电影,最好是悲剧性的,一同流几滴泪。走出电影院时,天色已经暗下来,街灯亮了几盏,就有着人是物非的心情。待走过一条马路,现实才又回到眼前。分了手,走进弄内,到了后门,看见楼上亭子间北窗里的灯光,透过挑花窗帘,一眼一眼的影。银幕上的戏剧,陡地跳远了。女生和女生,总是要露些私心里的话。在那些等待分配方案的日子里,她们已是十八、十九的人,终身大事谁能不想?谁又能说呢?要说就说别人家的事,比如,某某学校里有一个女生,竟然和先生搞上了,怀了孕,用白布条缠着,有一次在操场打篮球,有同学说你怎么胖了?她便大怒,骂她同学浑说。又比如,某某弄内一对姐妹,同时喜欢她们的一位表哥,三个人同出同进,那表哥委实决定不下,就与另一个女同学结了婚。这些事情有点英国奥斯汀小说的味道。再染上些街头谣言的俚俗气。在她们的窃窃私语底下,是一种犯忌的害怕又兴奋的心情,但那几乎是比银幕上的悲剧离她更远的故事。电影中的人和事,至少还和她的审美活动有着关联,而那些,却是一点关系也没有的。她的生活中,绝然不可能发生这样的事,那都是一些极其可怕,类似疾病一样的灾祸,而她的生活却是安全的。这几位常客相继离去,有一位去了安徽插队落户;一位分到工厂,三班倒的生活,已无暇这样清闲的闺中生活;另一位,与她一样,因心脏三度杂音待分配,还与她来往了一阵子,钩花边就是她带到这个家庭里来的。她们头碰头地钩着各色花样,照理是会有极密的友情,但因为都是这样平淡的经历和生活,因为封闭,精神上多少是贫乏的,没有多少可供交心的谈资。所以,也仅是闲聊与编织而已。此时节，连电影都没有了。不久，这位女生有了男友，渐渐地不来了。

待她就业以后，又有过一两个同事关系不错。但到了这样的年龄阶段，关系已经很难深入了。早说过，她并不是那一种性格热情的人。所以，这一两个同事，也不过停留在一般的交往上。尽管，其中一个，曾想把自己的小叔子介绍给她，她也真去见了一面。星期天的公园里，到处是闹喳喳的小孩，两人沿了水泥甬道，走了几圈，之间的距离始终保持着再站一个人的宽度。不晓得那人看她没有，她可是没看他，只看见他穿了一双黑色系带三接头的牛皮鞋，鞋帮里的卡普隆丝袜很服帖，没有一点抽丝。那人说了些什么，好像是关于他的工作，他在一家冶金厂做仪表工，说的那些均是她不懂的，可她一点也不觉得乏味。有个人在边上，有一点聒噪，也不错。其实，这时她是有些想嫁人了。可是，回到家中，与母亲细细一分析，觉着与同事做妯娌有诸般麻烦，还是不要的好，便回绝了。这样的事还有过几回，总有些热心好管闲事的人。其时，她已过了比较恰当的婚龄，就好像脱掉一班车，错过了一批配对的对象，介绍过来的人，不是有这般不足，就是有那般遗憾，终不能叫她满意。她虽然心下是有些想成家，却并不迫切，甚至不是那么有意识。真要她成家，说不定还会有惧意呢！再过几年，就连心底下，那点不自觉的想头，也没有了。

　　生活，也像温和的水流一样，从她身上滑过去了，所有的能够激起冲力的漩涡，暗流，都绕过她，兀自向前去。她就像那种最小最小的小女孩，与母亲睡在一张床上。床是双人床，四尺半宽，两人都是小巧的个子，占不了地方。甚至几十年来，连棕绷都没有松。仅有过一次还是两次，母亲喊住一个从门前过去的修棕绷的乡下人，上来添了几绺棕绳，略紧了紧。床罩原先是那种泡泡纱，红蓝黄条纹的，后来换成白府绸底上，缝制着一个个红草莓的一床。岁月好像没向前走,而是倒回去,回到童稚的时代里。由于定时给家具打蜡,这套花梨木家什还像新的,散发着幽暗的光。并且,如今又开始流行红木家具款式,维多利亚风,有着繁复的雕花与纹饰,于是,合上了时尚的脚步。那些披挂的镂花纱巾,年代更近,当然没有走样,还用着。有新添置的,一个电冰箱。把手上套了豆绿色、红梅花的布饰,给这女人气的房间又添一成闺阁风。电视机是近年来换代较为频繁的,开始是黑白十二英寸,后来是彩色十四英寸,新近又变为纯平二十五英寸。频道总是调到港台言情系列剧上面,吃过晚饭,收拾过碗筷,母女俩各做完各的事情,时间差不多到了,戏剧便接着上一回的往下走。也叹息,也流泪,可终是隔岸观火。她们的生活,是那样节制,消耗极少,所以,没什么损缺。

　　她每早起床,母亲已烧好早饭,也是简单清淡的:泡饭,腐乳,自家做的笋豆。她洗了脸,梳了头,此时,光还在前面。她们的亭子间在阴面，梳妆桌又是放在两扇北窗之间，那一面墙下，受不到光，镜里就是暗的，也好，镜子里的她，真是年轻，还是二八年华：肌肤莹润，头发漆黑，眼睛在深幽处闪光。梳洗中，泡饭也凉了二成，盛在金边细瓷碗里。那也是多少年用下来的，现在很难看见这样款式的碗呢！要有，也是仿旧的，做得又不像，或者是瓷粗，碗口不圆，或者就是奇贵，奇豪华，盛宴上做排场的，金杯玉盏。哪有那时的家常日用式的精致。吃完早饭，走下楼去，上班了。很幸运的，她们这条旧里，几次从新规划的地盘边擦肩而过，四周都起了新楼，路也拓宽了，可这一截弄堂还在。弄里的人是换了不少，尤其是像她这一般年龄的，或嫁人，或换房买房，走了大半。有一些老人还在，因原来就是老，现在不过更老，所以模样并无甚改变。看见她，还是喊她妹妹。小孩子不像以往那么多了，每户门里都可拥出一群。现在是一个两个，平时也看不见人，只是一早一晚，从天井四周的窗里，传出大人吵骂孩子，或者孩子哭闹大人的声音。偶有一声婴儿的啼哭，会觉着稀奇。再过过，那啼哭听不见了，竟在咿呀学话了。

　　她上班乘的车，倒是改了几次线路。本来在弄前不远的大马路上乘，后来改到了后边转弯的小马路，再后来，干脆没了，要乘另一路，中间需换乘。再然后，就可搭地铁了。她走入宽阔明亮的地铁通道，等着车厢风驰电掣地迎面而来，停在站台边上，也感受到时代的进步，心里生出激昂的情感。然而，很快，不久，她也视为自然，甚至有些想不起，有地铁之前，这条街道是什么面目。那些挤挤挨挨的小店铺，住家，小学校，嘈杂腌臜的弄口，一并消失在曲直的马路上了，就好像从来也没有存在过。过去南货店，烟纸店里的桃板、盐金枣、烤扁橄榄，现在全集中到大型或小型的自选商场。于是，那些细碎的挑选与计算的乐趣，被批发采办式的购买吞没了。一开始也觉着没了手势,但也是很快,不久,她也习惯了,从货架上整包整包地拿取,反有着富足的感觉。所以,她虽然不是进取的那类性格,但倒也不是纠缠着过去不放,她是生活在现在的人,没有过去,也没有将来,只有现在是真实的。这是她的顺从,里面却也藏着些积极的意思。

她所供职的单位,幼儿园,换过几处场地,有过一次还是两次兼并。因为独生子女政策,孩子越来越少,最后,大约是三年前,她所在的幼儿园,改为养老院。不过,她总是做会计。这个职业在这十多年里变成热门的了,甚至许多受过高等教育的女孩,还去夜校读会计,为领取上岗证书,但她们向往的多是那些独资与合资公司,像她这样,一个小小的街道幼儿园的会计职位,也是没有人与她争抢的。她的账向来做得认真仔细,从不出差错,簿面也很整洁。她的职业生涯相当平静,没有遇过一点点风险。非要说有,那么就算有过两次吧:一次是,也是同一区域某一家街道幼儿园的会计，据说还是从著名的立信会计学校分来的，为讨她男朋友欢心，竟然从孩子的伙食费中，贪污了十七万元，最后被判死刑。这件事在他们幼教系统相当震动，她明知道自己不可能去犯这滔天大罪，但免不了的，也有一点紧张。谁知道呢？说不定，自己还不知道，就做下了错账，但她究竟不是个神经过敏的人，这一点紧张一掠而过了。又一次是从报纸上读到，目下有统计说，患性病人群里的百分之十是财会人员，因为经常与各种票据接触。而票据，尤其是钞票，是流通最为广泛的东西，带有着无数病菌，这使她大大地惊恐了，但这条报道同时还说，洗手可杜绝传染源。从此，她只要摸过票据，就要洗手。便前便后，饭前饭后，都要洗手。这一次危机，便又平安度过。

就这样，临到退休。这是一次严峻的年龄的警示，警示人们时间已到了某一个限度，生活也随即进入某种阶段。可对她，却并不那么严重,母亲的退休生活,早已给她做了示范。母亲是在她工作的第二年退休的,这反使母女俩都感到轻松。再不用两人一早挤在梳妆桌前梳头理妆;吃过早饭的碗来不及洗,扣在锅里,也顾不得埋汰;下班回到家停不下来,就要烧饭炒菜,从早到晚在紧急慌忙中度过。母亲退休后,每天比她早起一小时,头也梳过,早饭也烧好,中午晚上的菜都已经买好。待她走后,打扫了房间,还有余暇去公园坐坐,晒一会儿太阳。中午饭后,可睡个午觉,把早上欠的一小时觉补回来。待她回家,饭菜正好热腾腾地上桌。在公园里,母亲结识了些也是退休的女人,其中一个,喜欢唱越剧。那公园也有意思,专有一个越剧角,唱生的,唱旦的,外加琴师,上午聚在一起唱。另有两个,专练木兰剑,很热心地教她。所以,母亲在公园里也很忙碌。要练木兰剑,还听越剧。接着,就有个丧偶的退休教师钟情她。母亲节那一日,给她送了一大束玫瑰花。这一天,她捧着玫瑰花走进弄堂回家，脸上的表情又尴尬又有点甜蜜，真有几分像少女了。为了这，她不再去公园。不久，那公园也被一家房产商占了一多半面积，拆除围墙，成了街心绿地。而她呢，又找到另一个去处，那就是礼拜堂。在一名邻居的劝说下，母亲信了基督教，每个礼拜日上午去做礼拜。同时呢，因为唱赞美诗的缘故，喜欢上了唱歌。当然，母亲的性格是要比女儿开放些，倒不是因为多些什么见识，反是因为有着孩童气。而她，虽然比较封闭，但有了母亲的引领，她也能走到新的生活里去。这一点，她不愁。

退休之前，单位安排她参加区工会组织的旅游，去湖南张家界。这于她们母女都是件大事情。她们中的任何一人都不曾离开过这个城市，说起来叫人不相信。向来以为只有乡间的农人，才过着不出远门的生活，其实，这城市里的人也是，甚至更有可能，因为他们连农人对外面世界的好奇心也没有的。他们以为在这城市以外的任何生活，都是不堪的。不过，时代到底在变，许多新鲜的事物在进入眼界，比如，旅游，她们虽然不是那种热情的人，却也不是没兴致。倘若说有机会，一起去看一看，玩一玩，有什么不好？又不是去谋生计。电视、报刊，旅行社的广告，将许多遥远陌生的地方，推近了，不再是那么偏僻可怖。这一切，都在无形中改变着保守市民对世界的看法。

早好几日，她们母女便开始了兴奋不安的准备。她们首先考虑到的是卫生的问题。母亲买来酒精棉球，一次性湿餐巾，纸巾，卷筒纸是折成一小叠一小叠，分别装在小号保鲜塑料袋里，为防止交叉污染，同时还备了消毒用的滴露。其次是饮食，主要是饼干和熟泡面，万一遇到她不吃的东西，可供果腹。她不吃的东西很多：羊肉，牛肉，辣椒，蒜，芫荽，萝卜，花椒，鸡蛋里的蛋黄。倘若吃的不干净，不要紧，带了大量的黄连素呢！穿，主要以防寒保暖为主。虽然是初秋的季节，但棉毛衫裤，羊毛衫，风衣，都是要带的。想到出门难免是要徒步或者爬山，所以特为去买了一双旅游鞋。这双旅游鞋可说是她们母女衣装上的一个突破，它带来了运动的气息，使她们的绢阁风中，忽有了一点现代的格调。最后，她们不免要考虑同行的伙伴。她们都是随和的人，重视与人的相处。况且出门在外，更需要互相照应，联络好感情。于是，她们共同去超市采买来一大堆零食：加应子，台湾活梅，山楂片，旺旺雪米饼，果仁巧克力。然后，再拆装成小包，在已经装满的旅行袋里，这个角落塞一点，那个缝缝塞一点，竟也全都装进了。这样，她的行李就变得极多，而且重。那天上火车时，母女俩，又差了芸舅舅。此时，芸舅舅已是个老头，头顶心秃了一片，劲道还是有的，一手一个大包。母女俩则各自提了零碎东西，跟在后面。到了火车上，她一人的行李就要占一排行李架。同行的人都是各单位凑拢来，本不认识，可因为要做伴走这一程，再加上是出游的心情，都很热情地过来相帮，没人说扫兴的话。母亲便也放了心，赶紧让她分给大家零食吃。这样，刚上架的行李就又要拖下来，又放得散，等找到几包吃食，列车员已经在叫送客下车了。一边分食，一边告辞，慌慌乱乱的，车就动了，倒冲淡了母女辞别的情绪，没有发生叫人尴尬的场面。

旅途中的卫生状况要比想象中的好。他们运气不错，搭了一列新客车，地毯，卧具，窗帘，都是新的，连列车员的制服都是新款。坐在窗明几净的车厢里，大家很快相熟起来。出门在外，摆脱了诸般杂事，心情是轻松的，说话和听话都格外的有兴致，常常爆发出笑声。他们这一行一共有十来个人，女的正好是六个，睡一格硬卧。到了地方，倘是三人一间客房，分两半，两人一间则分三对，并且自动结好了对子。与她结对子的是工会组织旅游的工作人员，小洪，不到三十岁，小孩已经会走。她似乎很博得小洪的好感，小洪主动要与她住一间屋。倘若是三人间，那再增出的一个则叫秀萍，区级劳动模范，某居委会的主任，不过四十岁，看上去可要比她苍老得多。在一伙伴中间，再有了两个更贴近的伴，同进同出，心下便觉安定许多。在火车上第一顿饭是各家特带来的吃食聚在一起，相当丰富。火腿肠，茶叶蛋，半只电烤鸡，蛋糕，汉堡包，熟泡面，各色水果，饮料。第二顿饭则分成小拨，几个男士结伴去餐厅，几个留下等卖盒饭的过来。女同胞呢，将没吃完的东西接着吃完，小洪却什么也没吃，爬到上铺睡觉了，人们就说她是想儿子了。车厢的灯亮了，窗外是夜色，更显得里面温馨。她是绝少有离家在外过夜的经历，觉着简直换了人间。她坐在铺上，望着窗外黑漆漆的旷野，偶尔，一串灯光穿行而过。等到了一个站，灯光便稠密，甚至有些璀璨。车停下来，站台上有人向车门聚拢，带了些紧张急骤的气氛。售货车从窗下推过，对比之下，显得悠闲。她被照顾睡在下铺，因她是这一批人中，唯一一个临近退休的，尽管看上去，似乎与小洪差不多。她这一晚睡得不怎么踏实，凡到一个站，她都会醒转来，凑在车窗往外看。夜半时分，车站上却灯火通明，那么多人在活动着，下车，上车。多么活跃的夜啊！就在这时睡时醒中间，她离开上海越来越远，开始了她的旅行生活。

她比她自己以为的，更能够适应环境。湖南地界的气候很潮湿，洗出的衣服两天也干不了，就又要上路了，身上就总是黏潮着。有几次，她以为她要生病了，结果却并没有。倒是小洪水土不服，身上起了疹子，肠胃也乱了。到头来，她竟还要照顾小洪。吃的东西，多是放辣椒。暖锅里，浮着几个鲜红的辣椒，先还不觉得，越到后来越辣。然后就学乖了，一端上锅，立即救火似的把辣椒打捞出来，但总有打捞不净的，也由它煮了。到后几日，她竟发现自己其实能吃辣，还觉着下饭得很。有一回，吃一种肉，事先并不知道是什么肉,过后老板才告知是乌龟肉。想想有些怪异,可吃已经吃了,又能怎么样?下一次,再遇到乌龟肉,因是开了戒的,便也吃了。她也很会走路,人灵巧,身子轻,她比几个男士爬山还省力。她都没穿那双旅游鞋,穿着觉得不像,不如穿惯常穿的,半高跟,船形,浅棕色的皮鞋,也没觉着有什么不方便。在猛峒河上,还乘竹排来着。几个女同胞,手拉着手,抱成一团,由门口竹排乘水势上下激荡,咯咯地笑到身子发软。山水都是如画的,人不再是自己了,而是画中人。

她最喜欢的是每一个景点的旅游品。东西其实都差不多,可她始终有兴趣一个摊位一个摊位看过来,挑选,还价。这些制作粗劣,构想又很平庸的小东西,在她眼里却无比有趣。她实在是没有什么见识的。大约是和一个村姑的眼界差不了多少。很快,她买的小东西,已经将吃去的零食腾出的空填满了。看和买的时候,倘摊主是女人,就话多些，会问她从什么地方来、做什么工作、小孩子有几个、多大了。开始，她如实回答没有结婚，可渐渐地，她有了顾虑，便改了口，含糊说在上海呢！遇到认真的，好说闲话的，就再要问个究竟，一个呢还是两个，男还是女，几岁？她只得笑笑，转身离去。再往后，她变得泼辣了一些，会得与她们瞎话，调侃。有时说是男孩，有时说是女孩，有时说是一个，有时说是两个，年龄嘛，有时是上幼儿园，有时则是上大学。人们听到此处，就又不相信了，紧着问她究竟有多大岁数。这回她照实说了，人们更不信了，再要问，还是方才的回答。一来二去的，她开始有些喜欢这样的闲扯，有时还会故意提起话头。比如看到小孩，就问那母亲，孩子有多大了，以后到哪里去读书？人们便也会反过来问她。只有一次，一个女人聊多了，指了他们一伙中的男士问：哪一个是她男人？到底是没有过婚姻的，脸皮薄，抗不住这样的玩笑，尴尬了，落荒而逃。

从猛峒河下来，到了一个叫做王村的地方。原本是个偏僻的村寨，后来因一部电影选中做了外景，变得有名起来。村寨里，以电影中的人名、地名、场景、情节，开了饭店和景点，另外，又增添了几项民俗内容的表演：唱歌、对歌、舞蹈、赛龙舟、求雨拜神的祭祈仪式等等。这王村是傍了猛峒河，远处是黛色的山影，水碧清，树碧绿。当年想也是依了水道，是个繁荣昌盛的要镇。镇上的民居，多是青砖黑瓦，高墙厚壁。楚地的风尚是旖旎妩媚，很有一些蛊惑气。有一个女人，抱一个至多一岁多点的女娃娃，站在门前看热闹。那女娃娃戴一顶麒麟样的小帽，唇红红的，眼黑黑的，忽然对他们做了一个眼神。那眼神分明是成年女子的，眼梢飞了起来，颊上显出一个笑靥，含着暧昧的情调，怪异得很，她心里不由一惊。

青砖地的街前，吊脚楼上，演出的是从恋爱到婚娶的礼俗。几个男女少年，看起来不像职业歌舞演员，动作歌唱不是受过训练的那种，都欠协调和婉转。神情也有些拘谨，反不及街上自由行走的山民那样活泼，可却有一种别样的好看与好听。女孩子均长得水灵，眼睛亮亮的，不自在的底下，藏着早熟的风情，想来小时候都是女娃娃那样的小妖。男孩子个头比较小，精瘦，不像女孩子那样出挑。却心智很深的样子，与女孩子一对眼，就好像有千言万语传了过去。唱的虽然听不懂，声腔又直，鼓和乐也没有调准，可却有拍有点，很是流利。男女孩子先是行歌坐乐，唱着唱着互相抛起绣球，接着便成双成对，携起手来。再上来个丑婆婆，男小孩扮的，表示是媒人，再喝酒，唱酒歌，显然是求婚宴，但唱着唱着并没有唱拢，而是情绪激烈，剑拔弩张地紧张起来。最后，不知从哪里抬出一顶花轿，从楼上行下来，走入游客中间。一个女孩子用普通话宣布：男方要抢亲了！

　　花轿抬入人头攒动的街里，节目到了最高潮。人群顿时纷攘起来，挤挨着闪开一条道。那花轿结绸披彩，红彤彤的一顶，由四个着绿的男孩子扛在肩上,前面四个穿粉的女孩领着,晃晃悠悠地走在人群里。后面是喇叭笛子,吹得一片喜气。天上也忽起了祥云,浮在黛色的山峦顶上,水里过来几片舟筏,又有客来了。女孩们的脸上浮起了笑靥,比方才唱和舞时自在得多。显然这也是她们最喜欢的一幕,带着些恶作剧,又带着些私心里对将来的向往。她们左右巡查着,看谁能扮作新娘的角色,眼睛从熙攘的人群中扫过,走出了半条街。女子们都尖声叫着笑着,从她们身边让开,唯恐被她们拉上轿。其实呢?又都有点想头。她们只是笑着,并不伫步,直至走到她跟前。那四个女孩儿忽然一对眼神,齐步站住,那四个男孩也随即停下,将轿子放落地,等着。四双手一齐过来捉住她,不容她叫出声,变戏法似的变出一件红袍子,兜头一裹,塞进花轿,抬起就走。这一回,四男四女是小跑着过街,身后的喇叭也吹得更烈。人们都在拍手、喊叫,尤其与她同来的一伙,将巴掌都拍红了。他们心里都惊异,她不是最年轻,亦不是最俊俏，可这些人怎么就一眼看出她是未出阁的女儿家？

那男女少年拥着花轿，小跑着又绕了青石板街一圈，回到拉她上轿的地方，才停下来，将她从轿中放出来。被红绸衣映的，还是笑的，她脸红彤彤的。小洪和秀萍她们将她抢回来，扒下绸衣，扔还给孩子们。她笑得身子都软了，什么话也说不出来，心怦怦地跳。鼓乐声渐渐远了，息了，人群也散去，欢腾声息下来，她还在笑着。同伴们也在笑，前后拥着她。这一时，她做了他们中间的明星，她都无从应付，就只有笑，清寂下来的青石板街上兀自响着她的笑声。这寨子，要没了这些游客和旅游节目，还是相当安静的。他们都能听见自己的脚步声，在石板街上清脆地响。她笑了一会儿，忽感到疲倦，陡地收起笑声，眼睛就潮了。

发廊情话

这一间窄小的发廊,开在临时搭建的披厦里,借人家的外墙,占了拐角的人行道,再过去就是一条嘈杂小街的路口。老板是对面美发厅里辞职出来的理发师傅,三十来岁的年纪,苏北人。也许,他未必是真正的苏北人,只是入了这行,自然就操一口苏北话了。这好像是这一行业的标志,代表了正宗传继。与口音相配的,还有白皙的皮肤,颜色很黑、发质很硬的头发,鬓角喜欢略长一些,修平了尖,带着乡下人的时髦,多少有点流气,但是让脸面的质朴给纠正了。脸相多是端正的,眉黑黑,眼睛亮亮,双睑为多,鼻梁比较直,脸就有架子。在男人中间,这类长相算是有点"艳",其实还是乡气。他们在男人里面，也算得上饶舌，说话的内容很是女人气，加上抑扬缠绵夸张的扬州口音，就更像是个嘴碎的女人了。这与他们剽悍的体格形成很有趣的对比。他们的一双手，又有些像女人了，像女人的白和软，但要大和长了许多，所以，就有了一种怪异的性感。那是温水，洗发精，护发素，还有头发，尤其是女人的头发的摆弄，所养护成的。他们操起剪子来，带着些卖弄的夸张，上下翻飞，咔嚓作响，一缕缕头发洒落下来。另一只手上的梳子挑着发绺，刚挑起，剪子就进来了，看起来有些乱。一大阵乱剪过去，节奏和缓下来，细细梳平，剪刀慎重地贴住发梢，张开。用一句成语来形容，就是，动如脱兔，静如处子。

这一个苏北人，就是说老板，却不大爱说话。他的装束也有了改变，穿了件黑皮夹克，周转行动多少是不便的。也许是做了老板，所以不能像个单纯的理发师那样轻佻随便了，再加上初做生意，不免紧张，于是就变得持重了。他包剪和吹,另雇了两个年轻姑娘洗头,兼给烫发的客人上发卷。有了她们,店里就聒噪多了。她们大约来自安徽南部一带,口音的界别比较模糊,某些音下行的趋向接近苏北话,但整体上又更向北方语靠拢。最主要的是,语音的气质要粗犷得多,这是根本的区别。她们的年龄分别在二十出头和三十不到,长相奇怪的很相似,大约是因为装束。她们都是削薄碎剪的发型,发梢错乱地掩着浑圆的脸庞,有一点风尘女子的意思。可她们的眼神却都是直愣愣的,都像大胆的乡里女子看人。五官仔细看还有几分秀气,只是被木呆的表情埋没了。她们都穿一件窄身编织衫,领口镶尼龙蕾丝,袖口撒开,一件果绿,一件桃红。裤子是牛仔七分裤,裤口开一寸叉,脚下各是一双松糕底圆口横带皮鞋。衣服都是紧窄的流行样式,裹在她们身上,显得很局促。她们经过室外强度劳作的身体,出力的部位,像肩、背、臂膀、髋部,肌肉都比较发达,就将这些衣服穿走了样。倘若两张椅上都坐了洗头的客人,她们便一边一个,挺直身子站到客人身后,挤上洗发水,一只手和面似的将头发搅成一堆白沫,然后,双手一并插进去,抓、挠、拉。她们就像是一个师傅教出来的,抬肩,悬臂的姿势一模一样,抓挠的程序动作也完全一致,看上去,很是整齐。她们还都喜欢抓挠着头发,眼睛看着正前方镜子里客人的眼睛,直逼逼地,要看出客人心中的秘密。看了一时,再侧过头去,与同伴说话。她们说话的声音很大,笑声也很响亮,总之是放肆的。老板并不说她们,看来,是个沉默的人,还有些若有所思的。她们于是会疏懒下来,只是依样画葫芦般地动作,却没什么实质性的效果。这时,客人就会发声音了:你不要在表面划来划去,要抓到里面去。受谴责的小姐便委屈地说:方才的客人还说我的指甲太尖了呢!客人再说:你手指甲再尖也无用,只在表面上划。这时,老板就站起来,走到客人身后,亲手替客人洗发。小姐呢？依然带着受委屈的表情，走开去，到水池前冲手，然后往墙边铁架折叠椅上一坐，那姿态是在说：正好歇着！她们多少已经学油滑了。

店里时常还会坐几个闲人，家住附近，没事，就跑来坐着。人还以为等着做头发的，推门并不进来，而是问：要排队？里面的人一并说：不排队，不排队！生怕客人退走。闲人多是女性，有的手里还拿着毛线活，有的只是抄着手。虽说是闲人，可却都有一种倦容，衣履也不够整洁，好像方才从床上起来，直接走到店堂里似的。可能也不是倦容，只是内室里的私密气息，总有些黏滞不洁，难免显得邋遢气。果然，有几次，方才还蓬头垢面地在这里闲话，这一时却见换了个人似的，化了妆，换了衣服，踩着高跟鞋，噔噔噔，头也不回地从店门前走过去，赴哪里的约会去了。等再来到这里，已经是曲终人散的阑珊人意了。她们回忆着前夜的麻将，麻将桌上的作弊，口角和得失。

或者是一场喜宴，新郎新娘的仪表，行头，酒席的排场，各方宾客来头大小。就好像一宵的笙歌管弦，要在这里抖落掉余烬似的。此外，股市的起伏波动，隔壁店家老板与雇员的争端，弄内的短长事，还有方才走出的客人的吝啬与大方，也是闲话的内容。有她们在，那两位洗头小姐，也觉得不沉闷了。并且，有多少知识，可以从她们那里得来。遇到和计较的客人吵嘴，她们则会出来打圆场。她们都是有见识的，世事圆通的人。甚至你会觉得不相称，像她们这样见过世面，何以要到这小店来，与两个安徽女子轧道？难得她们如此随和。岂不知道，这城市里的人原不像看上去的那么傲慢，内心里其实并没有多少等级之分的。她们生活在人多的地方，挺爱热闹，最怕的是冷清。她们内心，甚至还不如这些外来的女子来得尖刻。这倒是出于优越感了，因为处境安全，不必时时提防。当然，还是因为生性淳厚，你真不会相信"生性淳厚"这几个字能安在她们身上，可事实的确如此。在这闹市中心生活久了，便发现这里有几分像乡村，像乡村的质。生活在时间的延续中，表面的漂浮物逐浪而去，一些具有实质性的内容则沉积下来，它们其实简单得多，但却真正决定了生活的方式。所以，这些闲坐的女人里，没几个能猜得到那两位小姐背地里如何谈论她们，当她们光鲜地从玻璃门前走过去，她们在门后的眼光，藏着怎样复杂的心思。

每天早上，将近九点钟光景，玻璃门上的帘子拉开了，门从里面拨了锁。这城市的街是扭的，房屋的朝向便不那么正，说不出是怎样一来，太阳从门外照到镜子上，很晃眼的。在晃眼的阳光里，两位小姐在摆放椅子，收拾镜台上的小东西，顺便对了镜子整理身上的衣衫和头发。有一点像舞台方才拉开帷幕。倘有赶早的顾客，这时候推门进去，会嗅出店堂里的气味有些浊，夹杂着许多成分。"他"或"她"当然分辨不出那里面有被褥的气味，混了香脂的体味，还有几种吃食的气味：泡饭的米汤气，酱菜的盐酱气，油条的油气，再有一股灼热的磁铁气味，来自刚燃过的电炉。她们就是在里面过宿的，折叠床，铺盖，锅碗，都掩在后门外面。这里还有一扇后门，门外正是人家的后窗台，用纸板箱围住半平方米的地方，搁置着些杂物，上面再覆一张塑料薄膜。在这条窄街上，沿街的住户门口，都堆放着杂物，所以，就不显得突兀和不妥。过了一时，老板也来了，进来看看，并没什么事，就又走了。走了一时，又来，再看看，还是没什么事，再又走了。他显得很忙碌，有着一些对外的交道需要处理的样子。有了自己的生意，做了老板，他的外形上似乎有了改变。他黑了，抑或并不是黑，而是粗糙，就像染了一层风霜。而且，有一种焦虑，替代了他们这类手艺人的悠闲劲。那是由手艺娴熟而生出的松弛，以致都有点油滑气了。现在，他却是沉郁了。这件黑皮夹克他穿着真是不像样，硬、板、灰蒙蒙，就像一个奔走在城乡之间的水产贩子。黑色牛皮鞋也蒙了灰，显出奔走操劳的样子。等他跑进跑出告一段落，停歇下来，一时又没有剪和吹的客人，他便坐在柜台里面，背后是嵌了镜子的玻璃壁架，架上放各种洗涤品，冷烫精，护发素，焗油膏。柜台上立有一面硬纸板，上面排列着标了号码的各种焗染颜色样本。总之，这发廊虽小，可五脏俱全。老板坐在柜台里边，用指甲锉锉着指甲。这带有女气的动作，倒流露出一点他本行的小习气。

他低头坐在那里，任凭小姐们与闲坐的人如何聒噪，也不搭腔。人们几乎都将他忘了，可是，很奇怪地，又像是要说给他听。倘若他要不在场，说话的兴头就会低一点，话题也变得散漫，东一句，西一句，有些漫不经心的意思。这个沉默的人，无论如何是这里的主人，起着核心的作用。现在，他坐在这里了，眼睛望着前边的玻璃门，门外街面上的忙碌，有一种熟稔的日常气息。人脸大致是相熟的，所作所为还是相熟。在这闹市的腹地，夹在民居中间的街，也是近似乡村的气质，相对封闭。外面世界的波澜，还进不到这里面，只会因冲击边岸而引起骚动。老板的眼光茫茫然的，这是处在创业艰难中的人统有的眼光，忙定下来，不禁自问道：有什么意思呢？发廊里的闲话很热烈，两位小姐兴奋着，手在客人头上动作，连带身体雀跃着，形成一种舞蹈的节奏。肥皂泡飞到客人的眼睛里，客人抗议了一次，又抗议了一次，待到第三次，空气中就有了火气。老板在柜台后面立起来，可是，没有等他走到客人身后，有一个人却代替他，挤开了那位小姐。这是边上坐着的一个闲人，也算是常客了，家住街那头百货公司楼上，丈夫是做生意的，养着她，没事，就到这里来坐着。

　　她从铁架折叠椅上站起来，走到客人身后，略一挽袖，抬起手臂，手指头沿了客人发际往两边敏捷地爬行开去，额上立即干净了。她快速地将客人顶上的泡沫堆叠起来，然后伸进深处抓挠。她笑嘻嘻地回头看人们,好像在说:怎么样?是孩子气的技痒,也显出她曾经是干过这一行的。要这么一想,你便发现,她其实也和那两个小姐有些像呢!圆脸,短发,细淡尚端正的五官。所有的洗发小姐几乎都像从一个模子里刻出来的。她的个子比那两个小姐还要小些,穿呢?又穿了一条灯芯绒,胸前缝一个狗熊贴花的背带裤,这使她看起来,完全是孩子的形容。不过,再仔细端量,才会看出她怀有着身孕!这样,你忽就不确定起来。进一步地,你注意到她看人的眼光,不是像那两位一样直逼逼的,恰巧相反,很柔软,似乎什么都没看,其实全看见了。你想,这女人有些不简单啊!到此,她已经与那两位小姐完全区别开来了。她们有着本质的不同,这不同来源于经验、年龄、天赋,还有地域。对了,这女人是上海人,她说一口上海话。她甚至还不像她那个年龄,二十多,三十,或者三十出头?就这一个年龄段吧,她不像这个年龄段的上海男女,有许多流行语,又有许多生硬的发音。她的上海话竟有些老派的纯熟,这显示她应该是在正宗的沪上生活里面。

客人安静下来,小姐们则兴奋着问出诸多问题,总起来就是,你也做过这一行啊!她翘起下巴,朝柜台,也就是老板的方向一点:我开过一个发廊。不等人们发出惊愕的叹声,她又加上一句,先前做过一段百货。再是一句:还开过一家饭店,名叫"好吃咪"!说到此,人们反倒不吃惊了,因为不大可信。这三段式加在一起需要多长时间?而她究竟又有多大年纪?再看她脸上的笑容,那样得意的,又变成孩子了,沉不住气,爱说大话的孩子,狡黠地眨眨眼:信不信随便。小姐们不看她了,由她自己替客人洗头。她笑着将干洗的全套动作做了两遍,然后说:冲去吧!将客人还给原先的小姐,带到洗头池前,自己举着等在一起,等水池子空出来好冲手。她很有兴趣地看着手上堆着的泡沫,手指撮弄出一个尖,尖上正好停着一点太阳光。光流连到她脸上,她的笑容在晃动的光影里有一点惘然。店里有一瞬是静着的,只有水冲在头发里柔和的咝声,还有煤气热水器噗一声开,又噗一声关。老板肘撑在膝上,下巴托在掌中,那样子有点像小孩,想着小孩子家的心事。

我的发廊在安西路,安西路,知道吗?她说。小姐们摇头说不知道。现在已经拆了,那时候,很繁荣呢!长宁区那边有名的服装街,有人叫它小华亭的。我的发廊在服装街的尾上,或者也不能说尾,而是隔了一条横马路的街头上。我对那地方比较熟,虽然我自己家住在淮海路那边,可是朋友借给我做小百货的门面在安西路,所以就熟了。

小姐们回头朝向她,听她说。冲头发的冲好了,送到座位上,老板起身去吹风。小姐自己站在一边,用一块干毛巾擦手。她走到空出来的水池,拧开龙头,冲净手上的泡沫,暂时停下来,脸上带了微笑。她左右手交换握了花洒,冲手。水丝很软弱地弯曲下来,汇成细流。电吹风的嗡嗡声充满在店内，头发的气味弥散在透进玻璃门窗的阳光里，显得有些黏腻。她洗好手，那小姐将手中干毛巾递过来，她没接，只是在上面正手反手搌了搌，算是擦干了，回到先前的折叠椅上，坐下。后来呢？小姐中的一个问题。她抬起微笑的脸，询问地看着发问的人。为什么不做百货而要做发廊？那人解释了自己的问题。

她"哦"一声，仿佛刚明白过来似的。小百货，你知道利极薄，倘若你没有特别的进货渠道，赔煞算数。那些供销商，你打过一趟交道，三天吃不下饭！说到此处，她忽然收住，意识到险些说到不该说的话。安西路的铺面，是我朋友借我做的，本来说不是我自己的，做也做不长。所以呢，做，做，做，我就想自己做了。做什么呢？在家待业的时候，我陪隔壁邻居家的小姑娘，到理发学校听过课，回到家，我让她在我头上练洗发，我在她头上练，就这么练着玩。到后来，我洗得比她还好。她抬了抬下巴，好像在说：方才你们也见到了。我想：就开个发廊吧！安西路，就这点好，做什么事都像玩一样，没有心理压力的。朋友又多，因为都是靠朋友的，所以都肯帮朋友的。当然，安西路的人和我们淮海路的不一样。就是这里，她用手点点脚下的地面，这静安寺地方的人和淮海路的都不一样。淮海路的女孩子，走到哪里都看得出来不一样。不是长相，不是说话，也不能说不是，可能有一点是，不过并不是主要的。主要的，大约是气质。她为自己说出"气质"这两个字，有些不好意思，笑了一下，似乎觉得不够谦逊。不过，安西路的人有安西路人的好，他们很肯帮忙，而且，更重要的，就是我刚才说的：什么严重的事情，在他们看来，都和玩一样。听他们说话，你会听不懂，难道是吹牛？吹牛也要打打草稿。可他们完全是像真的：开发廊？好呀，我的朋友在香港学出师的，专给明星做发型；店面吗？安西路服装街要延长，还要丰富品种，我有个朋友和区长认识，同他说一声好了；第三个朋友恰巧专门做推销洗发香波的，可以用批发价卖我。还有工商局，卫生局，劳动服务公司，治安大队，都有朋友，或者朋友的朋友，都是一句话就成的。当然，实际上不会有这么好运道，否则，人人发财了。那个做发型的朋友，不是在香港，而是在温州学的，不过曾经在香港人的发廊里做过，开的价高过天，还要有住房，包交通，因为他实际温州人都不是，而是温州底下的德清乡下人。服装街不仅不延长，连原来的都有拆掉的危险，有几户居民是有来头的，人大代表和政协委员，一直在呼吁。你知道，安西路一带多是洋房，本来是极清静的。那推销洗发香波的，倒是天天来，来到我的百货摊位上，这时我的百货还没有结束。他拎一只拷克箱，盖子揭开来，里面像中药房样，一小格一小格，放着样品。样子蛮像，结果全是假货，在火车站那里的地下工厂生产出来，四面八方去兜售。一上手就知道，处处是关隘，问题是，一上手就甩不掉了。本来，不过是玩玩的，一来二去，玩成真了。脾气上来了，志气也上来了，非要成功不可了！发廊到底开出来了，倒真开在隔横马路的街那头，政策有一时松动，一要解决待业人员生计，二要街道里委创收。不过，松几天又紧起来，除了我这家发廊，再没有开出别的铺面。我的发廊正好嵌在弄堂贴边上，狭长的一条，门是朝里的，对了弄堂另一侧墙面。

在她讲述的过程中，又先后进了两个客人，一个男客，一个女客。老板先给男宾修面，再给女客焗彩色油。女客对了硬纸板上的颜色样品思忖很久，最后选定一种。两个小姐听得出神，听故事并不比聊天更影响她们干活，甚至聆听产生的专注，使她们安静下来，手下就不那么浮躁了。老板依然沉默着，这是一个静默的男人，即便需要与客人交流，他也尽可能以动作示意，比如，点头，摇头，用手指画。万不得已要说话，他就用极轻的音量说出极简单的几个字。她的叙述相当流利，语音清晰，轻盈地穿行在店堂间，透过刀剪的喊嚓，花洒里的水丝，客人与老板耳语般的对话。

生意好不好？一个小姐问道。她没有正面回答这问题，依着原有的思路往下去。开张这一日，大家，就是安西路服装街的朋友，都来放炮仗了。朋友中有一个人，大家都叫他"老法师"，她停顿一下，绕过这话题，这个人等会儿再说。你问我生意如何？她看着方才提问的小姐。这一绕道有些打乱叙述，需要一个缓冲，用来调整节奏。生意嘛，不好不坏，多的还是洗头，其中起码有一半是朋友，"挑"我生意的。她一笑，因为用了一句粗俚的切口稍有些羞惭。像我们这种发廊，多少有点不上不落。居民习惯去国营的理发店；隔壁小区里，就有一个里弄开的理发室，洗头只要五块钱。生活质量高的又要去美发厅、美容院，香港台湾人开的。再有一类发廊，是要在城乡接合部，外地人集聚的地方，叫是叫发廊，小姐们连洗头都不会。她停下来，略过去了。到我们这地方来洗头的，多是一些小姑娘，读中学的，刚刚学了时髦，大人又不许去美发厅，就只得到我们这里来。她们多数是一头直发，拖到背脊处，额角上胎毛还没掉干净，怀里抱一瓶自家的洗发水，坐到椅子上，喊一声阿姨，多抓抓噢！别看她们年纪小，已经学了白领的脾气，一会儿说抓重了，一会儿说抓轻了，一会儿又说洗出头皮屑，一会儿再说吹风筒太近，头发开出叉。半通不通，口气却很凌厉，你也不好跟她凶，只好和她"淘浆糊"。她又用了一个俚语，自己笑出声。和这帮小姑娘混的时候长了，要来真正做发型的客人，倒有点不晓得怎么下手了。当然，即使有做头发的，也不过是几个老阿姨，卷一卷，吹一吹。就算是比较时髦的，也不怕，我的师傅路子还是正规的，原来在紫罗兰做过，怕是怕那种路子外边的。但是，你越怕什么，就越来什么。这一天，不早不晚，来了一个人。她忽然止住，本来交错抱在肚子上的手臂解开来,插进背带裤的口袋,这样,腰就往前挺一挺,肚子也挺一挺,脚尖并拢朝前伸直。再继续往下:他要剃光头。

这是一个光头客,只不过长出薄薄一层头发渣,他要再推推光。他是这样进来的,推开门,一脚在门里,另一脚在门外,说:推不推光头?好像他自己也没什么把握,只是来试试。我们那个师傅,已经笑出来了,马上有话要跟进:到剃头担子上去推!其实谁看见过剃头担子,只不过放在嘴上说说罢了。就在这当口,也不知道怎么,我"拔"地立起来,抢过师傅的话头,说了一个字:推!事后再想,并不是一时冲动,而是有来由的,我感觉到这不是一般的光头。她笑了,两位小姐也笑了,问:不是一般,又是什么?这话怎么说!她沉吟了一时。这一时很短促,可在她整个流畅连贯的讲述中,却是一个令人注意的间隙,好像,有许多东西涌了上来。她沉吟一时,说下去。假如是一个老头,民工,乡下人,或者穿着陈旧……怎么说,反正是那种真正剃光头的朋友,我就不会留人了,但是这一个呢,年轻,也不算顶年轻,三十左右。他穿一件中式立领,黑直贡呢的棉袄,那时候还不像这几年时兴穿中装,猛一看,就像道袍,裤子是黑西裤,底下一双黑直贡呢圆口布底鞋。背的一只包,也很奇怪,你们猜是什么包?洗白的帆布包,盖面上缝一只五角星,军用书包。他的样子就是这么怪,但是,很不一般,一点不一般。

我请他进来,坐下,抖开尼龙单子,围好,封紧,再去镜箱里拿工具。我们店里的人都看着我,不晓得我准备怎么下手。我眼睛盯着我的手,一会儿拿起一把电推刀,一会拿起一把剪刀,先是拿大的,再是拿小的,我一捏住那把小剪刀的时候,心里忽然定了,我拿对东西了。我这个人就是这样,做事情都凭感觉。感觉呢,又都集中在手上。所以,许多事情,我都要先去做,做在想前边，做以前什么都不知道，可是只要做起来，自然就懂了。小时候，我们弄堂里的小姑娘，兴起来钩花边，大家把花样传来传去。还有书，书上有照片，针法。我是不要看这些，我就是要钩针、线，在手里，三绕两绕，起了头，各路针法我都钩得出来了。大人说我手势好，说，什么叫手势好，伊就是！这时候，我捏了这把小剪刀，回到客人身边，把椅子放低一节，这个光头客个子挺高的，他看了看我手里的小剪刀，没有说话。也不晓得是看出我会，还是看出我不会。我反正觉得我会。事后，我们那师傅也问我在哪里学的，说一看我拿起剪刀，就晓得我会。其实，我不但没学过，连看也没看过，我就是知道，不能用推刀，也不能用刮刀，那就真的是剃头担子了。而我们是发廊，客人呢，又是那样的，我们必须是新潮的。我拿起剪刀来就再没有犹豫，我从发际线开始，一点一点往后剪。剪刀小，刀口短，留下的"角"就小，总之，一句话，就是要剪圆。这是基本原则，不要有"角"。这个客人的头型很好，圆。你们不要笑，你们接触的头比接触的人还多，是不是都圆？不是吧！可以说大多数的头不圆，或者整体圆，局部却有凹凸。可他不！不仅圆，还没有凹凸，更难得的是，他头上没有一处斑秃和疤。倘若要把所有人的头都剃光的话，你们会发现，人人头上都会有几处斑秃和疤。可他就没有。所以他敢剃光头呀！光头不是人人能剃的，要有条件。这个头，我整整剪了一个半小时，剪下的头发渣，细得像粉。我虽然注意力全在他的头上，可我知道，他一直睁着眼睛，从镜子里看着我的手势。后来，他告诉我，他以前的头，都是用电推刀推的，他的女朋友帮他推。他和他的女朋友，都是戏剧学院的，他是老师，女朋友是学生。他的女朋友出去外地拍电视剧了，他只好出来找地方推头。走过几条马路，找了无数家发廊，都说不推光头，最后才找到我的发廊。他和他的女朋友，在武夷路上借了套一室户住，离安西路不很远，以后，他就时常来了。这些都是他以后告诉我的。

叙述显然到了关键部位，店里的空气竟有些紧张。正是下午两三点不大上客的空当里，两个小姐一左一右坐在她身边，老板在柜台里打瞌睡，对她的故事不感兴趣的样子，但是也没有出来干涉她们这样大谈山海经。他真的改了脾性，理发师傅都是饶舌的，爱听和传一些家长里短的事故，而这一个，已经变得漠然了。小姐们等着情节继续发展，不料她却话锋一转：

我刚才有没有提到一个"老法师"？那是安西路做服装的朋友中的一个。叫他老法师，一是因为年纪，那时候他已经四十岁，二是因为他有社会经验。他的社会经验用在生意上面并不多，主要是用在嘴上。他只要坐下来一开讲，老板就都忘了做生意，聚到他身旁边来听课。据说他在局里面，承办员听他讲得忘了问案情。她顿了一下，因为说漏嘴脸红了，旋即坦然一笑：不讲也明白，安西路上的老板，大约有一半进过"庙"。带出切口没有使她再停歇下来。脸上的红却扩大并且加深，就有了类似豁出去的表情。从"庙"里出来，找不到工作，就做生意了。老法师吃官司，还是因为他的嘴：诈骗！他骗人家说他是华侨，在南洋开橡胶园，到上海来是想娶个上海太太。南洋那边的华人多是福建一带过去，长相不好，矮，瘦，黑，热带瘴气重，遗传上有许多问题。所以，他就决定到上海来解决婚姻大事。上海人种好，他说。你们知道，他说起来一套又一套的，天底下哪个角角落落他好像都去过。他说上海人种好，上海人里面，女更比男好。江南地方，水分充盈，就滋阴。他说：你们看过《红楼梦》吗？贾宝玉说，女人是水做的，就是这个意思。上海的女人，就是水做的女人。水土湿润，气韵就调和，无论骨骼还是肌肤。都分量相称，短长相宜。比如脸相，北方人，多是蒙古种，颧骨宽平，腮大，眉毛疏淡，单眼皮，矮鼻梁，嘴型缺乏线条，表情呆滞。南方人，是越人种，就像福建的那种，眼睛圆大，而且重睑，但陷得太深，鼻孔上翻，有猴相，欠贵气。江南人，却是调和了南北两地的种相，上海呢，又调和了江南地方的种相。上海的调和，不仅是自然水土的调和，还加上一层工业的调和。有没有看过老上海的月份牌？美人穿着旗袍，洋装皮大衣，绣花高跟鞋，坐着的西洋靠背椅，镂花几子，几子上的留声机，张着喇叭，枝型架的螺钿罩子灯，就是工业的调和。老法师穿一件西装，手里拎一只拷克箱，坐在宾馆的大堂酒吧里，和一批批客人开讲。到了吃饭时间，自然有人请去餐厅，水晶虾仁，松鼠桂鱼，叫花鸡一道道点上来。这时候，他就改讲吃经。这些人都是鸡生蛋，蛋生鸡地生出来的，多数二十多左右的小姑娘。有一些家世还挺好的，据说有高干的女儿，医生的女儿，有大学生，教师，还有一个电影演员。认识过后，不出一个月，就向人家开口借钱。其实不要他开口，人家自己就会给他钱：外币兑换起来不便当，还要去中国银行排队填表，拿人民币去用吧，不必客气！上家的钱给下家用,就像银行一样,周转起来非常顺利,没有一点漏洞的。老法师长得难看,不是难看,而是怪。猛一看没有下巴,定定睛,下巴是有的,却连着喉结这一段,形成一个收势。第二看,没有肩膀,其实肩膀肯定有,而且相当宽,可是头颈太粗,两块肩胛提肌特别发达,肩膀就塌下来,变成黄牛肩膀了。第三看,多了一副手臂转弯骨。原因是手心朝里,转弯骨朝外,手心一翻,转弯骨就到里面来了,就好像多出一副。要说,老法师是长得没有福相,不过,一双手脚又补回来一些。他的手脚都小,与他一米七八的身胚比起来,实在小得不相称。所以,这也是一怪。这样七歪八扭的一个人,就全凭着一张嘴,招蜂引蝶。她说到这个词,大约想到与老法师的形象不符,便笑了。笑里边带了讥诮,又很微妙地带一点怜惜。她脸上的红没有褪去,而是均匀地布开了,使她平淡的面容变得有些姣好。后来,有一日,人家介绍给他一个小姑娘,跟过来看的,有她一帮亲眷朋友,其中一个看过后就有点起疑，觉得这人面熟陌生，像是他们单位，区饮食公司里的供销员，但他自己还不敢确定，过一日，又带了另一名同事来看。另一名同事连他的名字都喊出来了。于是，报告公安局。骗过的人再鸡生蛋，蛋生鸡地吐出来，竟然有十二个，整整一打。老法师一个也不赖，统统顶下来。他说，是他自己失足，就要自己承担，有本事不要穿帮，穿帮就不要赖，本事不是用在这时候的。审他案子的承办员也很服帖他，夜里值班瞌睡上来了，就把他叫出来，听他讲，然后一人一碗大排面宵夜。因为他态度好，就判了从宽，三年劳教。在白茅岭农场，劳教也都服帖他，他做了大组长。劳教也分三六九等，诈骗第一等，因为智商高呀！老法师又是高里面的高人。

有客人进来了，一个女客，洗和做，因晚上去喝喜酒，要求做得仔细一点。叙述被打断了，一个小姐去洗头，另一个拉过盛卷发筒的塑料筐，将卷发筒上挂着的橡皮筋扯开来，各放一边，等会儿好用，一边问：

那么光头客呢？怎么就讲到"老法师"上面了呢？洗头的小姐也侧过脸对了这边问：是呀，光头客到哪里去了呢？她光笑不答，向老板要了个一次性塑料杯，到饮水器上接了水，慢慢地喝。人们便不敢催她，耐心地等着。店里的骚动平息下来，重新建立秩序，恢复了讲述和聆听的安静气氛。

老法师在白茅岭农场待了两年半，另外半年减掉了。她继续说老法师。从白茅岭回来，他就到安西路上租个铺面，做服装，专做女装。他生意经一般，这也正是他有社会经验的表现。他常常说：大家都是一条船上的人，何必要强过人家的头呢？安西路上做得巴结的人做大了，摊位转租出去，自到虹桥路开时装店的也有，开服装厂的也有，去南非、阿根廷做生意的也有，老法师却稳坐钓鱼台，不动。他有一句话，叫做：家有千千屋，日卧三尺。所以他生意就做得潇洒，进来的服装，有我们喜欢的，他就很慷慨地一送：拿去！他对我们小姑娘很好，出手也大方,还教我们许多事情。他说:女人只要基本端正,没有大的缺陷就可以了,重要的是要有脑子,就是有智商。老话说,"红颜薄命",这句话的另一层意思是,长得好看并非有好命,是不是?还有一句俗话,叫做:"聪明面孔笨肚肠",什么意思?为什么要把面孔和肚肠对立起来?原因就是,女人自恃有一张脸就放松了头脑的训练,结果就是前一句——"红颜薄命"。中国的四大美女,其实并不是漂亮。杨贵妃,你们知道吗?就是唐代皇帝的妃子,皇帝为了她,差点丢了江山。后来,将士要求皇帝杀了杨贵妃,才肯为他出兵打仗,重返朝廷。杨贵妃有狐臭,所以就在脖子上戴一圈鲜花,"闭花羞月"的"闭花"二字,就是从这里来的。可见她并不是以色貌取唐明皇欢心宠爱,凭什么?你们自己去想。再有王昭君,你们以为她有多美?皇帝会把真正的美妃送给野蛮人?重在贵而已,贵是贵在大汉王朝宫里的人,这身份就足够有余了。可她聪明啊！让她去那种地方，住帐篷，吃羊肉，天寒地冻，话也听不懂。她没有一头撞死，真去了。这一去，便青史留名。西施和貂蝉两位，智商就更高了。她们实实在在就是两个间谍，放进去的倒钩。没有超人的智商，担当得起吗？反过来说，女人聪明，自然就会漂亮，这漂亮不是那漂亮，是一种气质。说到"气质"这个词，她又不自觉地笑了一下，却没有减缓叙述的进程。比如西施，从诸暨乡下选来的民女，为什么不直接送去给吴王夫差，而是要由大夫范蠡专门调教她，调教什么？走路，抬手，说话，看人。学这些，靠什么？智商。走路，可以说决定了整个人的风度。人家说回头率，回头率从哪里来？马路上人头挤挤，都是擦肩而过，五官，皮肤，身材哪里来得及端详？引人回头的就是走路：步态。过去贵族学校，中西女中，有一堂课，就是走路。头上顶一本书，直走，转弯，上楼梯，下楼梯，书不能掉下来。练的什么？挺胸，但不能挺得太过,像军人走操;抬头,也不能抬得太过,变成"额角头朝天花板"了,以眼睛平视为标准。胸挺起来,腰、背、颈就直了。步子不宜太小,小了就像戏台上跑圆场,忸怩作态;亦不能太大,大了就有男气。有没有发现老电影里的旗袍,开叉开到膝盖下面的一点,这就对了,这个尺寸就是跨步子的长短,要用足,但不能硬撑。现在新式旗袍,叉一径开到腿根,忒粗鲁,可以跑步了。没有生意的时候,老法师就教我们练走路。不瞎讲,走在马路上,我一眼就认得出老法师教出来的人。我们中间有几个,与老法师特别好,猜也猜得出来,关系不平常,但是大家都晓得不可能,因为她们或者有家庭,或者有男朋友,或者只想和老法师玩玩,并不想结婚。老法师到底年纪大了,那时候已经四十多岁。他自己也不想,他说大家在一起是因为开心,不是为了烦恼。他还关照我们,不要和年轻的男孩子搞,搞出感情来麻烦得很。

店里的女客已经卷好头发，在烘发，手上翻一本时装画报，不晓得哪年哪月的，都卷了边。主雇三人暂时都歇下来。太阳到了这一面，透过窗上的尼龙镂花帘子，从背后照了她。她的脸就在暗处了。不过，这只是对此而言，在强光下的暗，依然是明亮的，而且显得柔和。她笑一笑，将手里喝空了的塑料杯一下子捏瘪，这个动作有一种结束的意思，可是底下还有：

你们没有想到吧，我老公就是老法师。其实，我不是和老法师特别好的小姑娘，可我是要和老法师结婚的。老法师说：这就是你比她们聪明的地方。他以前也曾经说过这样的话，但意思是指我的气质：到底是淮海路的女孩子。她得意和羞怯地笑了笑，站起身来往外走。光头客呢？两个小姐着急起来，追着她身后问。死了！她回答，推出门去，手一松，弹簧门又送回来，将照在上面的微黄的阳光，打了两个闪，映在小姐们失望的脸上。稍停一时，她们就又热烈地讨论起来，讨论她的年龄，到底有多大。看上去只像二十多岁，可是，将她经过的事排一排，又不够排的，怎么都要三十朝上。忽然间，老板吐出一个字来：鸡！这是他迄今为止发出的唯一的声音，仅一个字，声气言辞却极粗暴，小姐们的聒噪便戛然而止，静下来。

黑弄堂

黑弄堂的森然,一半是阳光背向造成,一半来自于人们的渲染。凡在大弄堂里长大的人,从小都听过大人们的恐吓:吵?把你扔到黑弄堂里去!于是立刻噤声。等这一代人做了父母,再以此来吓唬他们的孩子。如此传了两代人,算得上是黑弄堂的渊源了。

黑弄堂是在大弄堂的底部,由一道夹弄所通往。这道夹弄其实是一条明渠,从两幢楼房的山墙间穿过。在市政建设的管道改造中,不知道什么时候,它不再作为明渠使用,只留下一道干涸的浅沟。由于两边山墙夹峙,它终年没有光照,阴沉沉的,这就是黑弄堂的序幕。

那么,黑弄堂里有什么呢?这就要涉及

流言了。人们传说那里曾经是一块坟地，后来虽然起了楼房，压了水泥，可时不时地，还会有流萤似的鬼火；又一种传说是刑场，日本人枪毙爱国志士就在这里进行；再接着就进入到现代史了，说那里有小孩被"剥猪猡"，就是剥了衣服，塞进弄内的垃圾箱；还有一个上吊的女人，因为被窃走全家的粮票和布票。听起来，这些不祥与可怖是随了社会进程累加起来，越演越烈，这也意味它还将继续发生故事，就是说，它的阴森性质尚在活动期内，随时可能爆发。

因此，它刺激着孩子们的好奇心。常常可以看见，一群亢奋的孩子拥在夹弄口，互相怂恿进入夹弄，过到那头的黑弄堂里。在下午三四时光景里，那头的黑弄堂并不显得黑暗，相反，有明亮的光线横流过去，可是，相隔着一道水泥色的夹弄，更有些不可测了。有鲁勇的孩子经不起众人的激将，蹈入夹弄——方才说过，夹弄实际是一条废弃的明渠，所以地面是凹下去的，需叉开双脚，踩着两边的沟沿，跨着走过去。头几步还没什么，多走几步就有小虫子轰起，扑上脸来。然后，蛛网也罩了眼睛，一股子森凉从脚底升上来。那孩子反转身，向来路狂奔，已顾不上脚下，无数次从沟沿滑落，在沟底自己绊了自己的脚。终于跑回到夹弄口，眼看重见天日，众人却组成一道人墙，封住他的出路。其时，他的眼睛放出灼亮的光芒，是由惊惧造成的。当天晚上，这孩子就发高烧，送去急诊，每一个孩子都受到了警告。这危险的游戏停止了一段时间，而后，教训被淡忘了，夹弄口就又聚拢了孩子们。

　　弄堂里的孩子，生活在人为的世界里，危险和快乐也都是人为制造的。不让他们玩这个，又能玩什么？不过，到底是没人再敢走进夹弄深处，众人也不敢认真胁迫谁了，所以，那经验的惨痛还是留存下来，加入了黑弄堂的历史。小孩子们避免单独走近它，当然，聚集着起哄就是另一回事了。而且，奇怪的是，也没有看见过夹弄那头有人从黑弄堂过来，那一端总是悄然着。弄堂实际上是这城市的沟壑，人是盲目的生物，顺着崖壁的走势，自己也不知道最终走向哪里。

小孩子们通常是在放学后的下午来到这里，这是管束最松弛的时间，学校放掉了，大人还没回家。他们卸下书包，跑出家门，悠闲地站着。在年幼的学龄前儿童眼睛里，已经是可敬仰的走上社会的人了，于是，慢慢向他们靠拢过去。有时候，他们这一伙里还会出现个把中学生，那么，连他们的脸上，就都会挂上近乎谄媚的巴结表情。那中学生才真正是走上社会的人呢！他穿着皮鞋，衬衫束在西裤的腰里，裤口翻出一道克覆——"克覆"这个词大约来自于英语"COVER"，说明是这城市服装历史的正传。他双手插在裤袋里，偶尔拔出来，在耳鬓顺一顺，鬓角剃得发青，没什么可顺的，所以很快地手又垂下来，插进裤袋。可是，就这一下子，风度出来了。他无须说话，只略微牵动嘴角，态度也出来了，足够主宰整个局面。这就是小孩子的阶级社会，根据年龄划分的。此时,那些小学生由于竞相表现与讨好,个个都很饶舌,聒噪得很。至于学龄前的幼童,则一声不出,简直是虫蚁似的人生,根本进不了人们的眼睑。

然而,黑弄堂的游戏使各阶层的人都兴奋起来。人们合伙将一个人往夹弄里推拥,那人奋力挣扎突围,抓住最贴近的那个,拥到夹弄口。人们也不管换了谁,只是一劲地挤压,那人就好比替死鬼,要找到下一个替死鬼方才脱得了身。这一切哗动是由小学生发起,中学生不屑参与,只哈哈大笑,但无疑是推波助澜,使得人们更加疯狂。连那些幼童都被激励起来,高声尖叫,围着人群乱跑,在他们的腿脚间打绊。那端的黑弄堂更显出寂静。有一些光线掠过去,夹弄里的蛛网亮一下,又灭了。人群壅塞在夹弄口,背脊在粗糙的弄壁上撞来撞去,脚下已经是明渠的沟底。好比箭在弦上,濒临深渊,所有的人都在急吼急叫,开了锅似的。在这挤作一团的人堆外围,往往是比较孱弱的孩子,他们的体力和激情稍逊于前沿的那伙，在这酷烈惊险的游戏中，他们充当不了主角，于是就在了边缘。忽然间，他们中的一个感觉后腰受了一击，力量虽不大，可因为没防备，也险些一个趔趄。吃惊中回头，见是一个小女孩子，脸通红着，又一次向他撞来。他反应还是慢了一拍，又被她撞了一次。她高兴得跳起脚来，脸更红了，额发都汗湿了，贴在脑门上。此刻，世道已在极乱的当头，没有道理可言。他往边上挪了挪位置，避免与她纠缠，不料想她以为是怕她，跟过来，再次扑将上去。很显然，他被抓来充当了她的玩伴。

  这一回，他让开了她，她不罢休，又向他过来。如此，一个让，一个逼，最终，他离开人群，回家了。小孩没有跟他过去，到底舍弃不下这里的热闹，她停下脚步，遗憾地看着他的背影，越来越远，最后转进一条横弄。院墙的角覆盖了夹竹桃的花朵，这孩子从花朵下走过去，不见了。

夹竹桃盛开的季节，白昼渐长，小孩子们在弄堂里滞留的时间延宕了。大人们被天光蒙蔽，也会有一时的疏忽。到了傍晚，较为大型的聚集解散，却还会有一些散兵游勇，零落在弄堂里，玩兴未尽，流连忘返，抱着些微的希望，等待再有一个高潮掀起，无奈大势已去，曲终人散。方才说的那男孩，从小受家中管束，长大后又协助管束兄弟，及时回进门里，在父母下班之前，帮祖母端饭端菜，整顿饭桌。正当他在厨房与客堂间往来穿梭，见厨房面向后弄的门，隙开着一条缝，缝里有一只眼睛，大而且圆，就是那推他的小孩，不知道她怎么找到这里来了。他手里端了一摞碗，用臂肘将门推上，那只眼睛被关在了门外的暮色里。

后来，他就常常看见这小孩了。她原就是尾随他们的那一群幼童中的一个，不知怎么，总是落单的一个。即便是学龄前的儿童，也是一个小社会，三五结党，交颈搂头地私语和进出。她呢，一个人背着手倚在墙上，或有时曲起一条腿，抵着身后的墙，看她的同龄人玩，带着一种不屑的表情。一旦转向他们这样的大孩子，她的脸色立刻变成热切的。然而，这一回，该是她受到不屑的眼神了。试想想，谁能理会她呢？他们那一伙，清一色的男生，与他们同龄的女生，已经在学做淑女，藏在深闺不见人。像小孩这样，是连性别都还没有呢。

她独自一个人倚墙站着，是有些落寞的。他不免看她一眼，这一眼竟被她捉住了，她警觉得像一条猎狗。她朝他走过来，他装看不见，换了地方，绕着人圈外围。他总是在人圈的外围。这是由性格决定，他不是那种做头的孩子，做头的孩子需要有开创性和领袖欲。他也不是那类追随其后的角色，这类角色需要的是忠诚，甚至一些愚忠。总起来说，他既不属帅才，也不属相才，他是一个观看者。有一点像艺术家，一方面是缺乏实际行动的能力，另一方面却能够领略行动中的乐趣，于是就在虚无中享用。所以，弄堂里的游戏，包括滋事寻衅，他都在场。免不了有时候被看走眼，将他起诉给他父母，那就要受责打。他家父母是弄堂里教训孩子的楷模，从不袒护。这样的美德的另一面就是，小孩子受冤屈，但他也不申辩，那时代的孩子基本都是在冤情与责打中长大的。

这样，他沿着人群外围移了几步，那小孩跟过来，他再移几步，小孩再跟过来，就好像推磨似的，绕人群走了一周。今天的游戏不是去黑弄堂，而是一出"官兵捉强盗"。先由两名最具发言权人士，以猜拳的方式，决出谁是"官兵"，谁是"强盗"，继而挑选各自的人马。最先挑走的总是那些行动敏捷力量强悍的，接下来就要通些人情款曲，交好的入选，他就是在这一类里，通常经第三第四轮选择便有了归宿。很快，人群分成两拨，形成对峙的局面。一声号令之下，"强盗"们四散，"官兵"则围追堵截，穷追不舍，一旦触及"强盗"身体，

"强盗"立马毙命。单是这样,倒是简单了,然而,弄堂游戏其实很得世事微妙,规则中又留有一个回旋,那就是倘若"强盗"在触到"官兵"手之前站住脚,可算作缴械投降,从此做了囚徒。留得青山,自有柴烧,但等"强盗"同伙拍鞍赶到——用手拍到囚犯身体,就可出狱,重新出山。整条弄堂哗然,脚步沓沓地响,身体和身体、巴掌和巴掌,撞击得啪啪地响,劫狱者的呼喊,被囚者的内应,官兵的令与喝。幼童们一律踮了脚尖靠墙直立,恨不能贴到墙上去。"官兵"和"强盗"从脸面前呼啸来,呼啸往,尘土蒙了一头一身,免不了还要吃些冷拳。如此险境中,并没有人逃离,个个苍白着脸,眼睛里是崇拜和羡妒的光。很快地,他就做了囚徒,千钧一发之际,"官兵"的手离他只有一毫的远,他收住了脚。同党们几回接近他,都被"官兵"逐走,甚至牺牲了一个——被拿个正着。忽然间,壁脚里走出一个人来,径直过去拍他一下,原来是那小孩。他想让开,无奈受规则限制,不能挪动。小孩又上来拍他一下,还说了一声:跑!她以为她能救他,又如何和她说得清楚,只是不明白这小孩为什么专盯着他。小孩第三次来拍打他,终于着恼了,而他的恼怒亦不过是抬腿走人,回家去了。他擅自撤出,是对全体的不敬,无论"官兵"还是"强盗",都情绪激愤。就有人追到他家门口,敲打后门。那门关得死死的,敲到最后,门开了,出来的却是他祖母。向祖母要人,祖母说那人正在做功课,做不好功课,母亲回家要骂。于是只能颓然走回,重整队伍,再起一局。

那小孩踯躅在他家门口,此时门是虚掩着,推开一条缝,只看见一条走廊通往前面房间,房间的门敞着,没有人。其实,他看见她了。他在房间的一角,坐在方桌前,桌上摆开他的课本。视线正好穿过走廊,到达后门,后弄里满是明晃晃的夕照,里面有一个小身影。

接下去的两天,放学回家,他都没有出门。任凭弄堂里如何沸腾,他只在家中坐着,作业写完了,就在草稿纸上画图:军舰,坦克,大炮,以及古人的刀箭。他又看见了那小身影,停在后门口,试探着向里走,已经走到走廊上了。他踅过去,藏到房门背后,悄悄将门掩上了。可是这一天,吃晚饭的时候,这小孩竟然出现在了他家房间门口,谁也没注意她怎么进来的。春暖时节,房门大多敞开着,她就站在门口看他们吃饭。他的母亲问是谁家的孩子,她不回答;母亲又问她找谁,她也不回答。于是就不再理会,一家人兀自吃饭。他深埋着头,几乎将头藏进碗里,心里暗知,小孩要找的人是谁。过了一时,一个穿斜襟蓝布衣,梳髻的女人找过来,将小孩带走了。祖母认得这女人,是前一条横弄里人家雇用的人,东家双职工,在机关做干部,忙得没时间管小孩,所以小孩才这般缺教养。

在家闷了几日,毕竟不是个办法,于是

又出了门,弄堂里却奇怪地清寂着。显然,他闭门的几日里,弄堂里发生了新变故,好比是种田的误了节令。大孩子们不知去了哪里,弄堂便成了小孩子们的天下。可他们实在是小,小到还不怎么会玩,也没有像样的玩意儿,手里的那些破东西,都是哥哥姐姐丢弃的。断了的皮筋,百结千结的样子;碎了的弹子,简直就是玻璃渣;扑克牌不晓得缺了多少张数——他们就在这些弃物上练习着游戏的技艺,耐心等待成熟的日子,这就是弄堂里的传承。他们这些可怜虫,平时都是在大孩子的驱赶下,左避右让地,夹缝里求生存。如今,面对一条堂皇的弄堂,世界突然扩出无限的大,简直不大能相信,依然缩着手脚,溜着墙根。在这瑟缩中,却有一种庄严,好像,他们即将要接替这个世界,于是,敛声屏息。

他正茫然,小孩中跑出一个人,直奔向他,就是她。那热切的样子,就好像他们是老熟人。他本能地往后退了一下,她却已到了跟前,说:我知道他们在哪里!这话说得很知己,他不由站住了。她又说:我带你去找他们。说着就转身走在了前面,走了几步,回头看看,他果然走在身后,这才放心,表情也变得凝重起来。墙根下的小孩此时都停下手里的玩意儿,看着这一前一后的两个人,这情形实在有些像"狐假虎威"的寓言。小孩走出横弄,径直向弄底走去,走到夹弄跟前,小孩忽然朝里伸出脚,旋即又收回,转身向他说:骗骗你的!他感觉受了愚弄,而且是受小孩的愚弄,脸一变色,反身要回去。小孩赶紧追过来拦住说:他们就在那里!这时候,他听见人声喧哗,就在弄底最后一排横弄的弄口。那里的铁栅栏上开有一扇铁门,临了侧边的马路,人称小弄堂口。现在,人们都聚在小弄堂口里。他快步走过去,将小孩甩在身后。

原来他们这一伙正在进行一场抵抗运动,抵抗邻弄的小孩子入侵,已经持续两天时间。每到下午放学,双方便在铁门内外对峙起来。弄内的一伙,将铁门关上,拴上销,外面的人则摇门呐喊,铁栅栏哗啷啷地响。这时候,却有弄内的居民要从小弄堂口进出,极不耐烦地推着铁门,只得拔出销放行。邻弄的孩子趁机潮水般涌过来,这里的人眼明手快,合力一堵。这铁门是窄窄的半扇,自然有利于守,而不利于攻。邻弄的孩子几次发起进攻,顶住铁门,不让合上,但也只到此为止,再无战果。弄内的人正激奋中,不料有同伙气急败坏跑来,失了声地报告,对方已经分出人马,向大弄堂口转移,企图正面强攻。果然,铁门外的人明显稀少了,呐喊呼啸也大有佯攻之意,真是兵不厌诈呀!这边连忙也分出一队,往主弄赶去。他撒腿跑在其间,因为几日没到弄内玩耍,此时感到格外地解放自由。跑出横弄,直向大弄堂去,远远传来敌人的啸声,紧接着,就有人影闪进弄口,转眼间呈排山倒海,扑将过来。

从数量上说,弄外显然要比弄内人多,

因不止是邻弄的孩子,还有街面上的。他们这条弄堂,是这个街区规模最宏大的一条,楼体整齐,前后共有十数排横弄,被宽阔的直弄正中分开。横弄和横弄两侧之间,以镂花铸铁栅栏连接,防护谨严,有着一股威慑的气势,于是激起人们进犯的欲望。弄内的人多少有些孤军奋战的意思,再大的弄堂,单是一条,全体出动,又有多少人头?弄外的世界却是向全社会开放,却也正是因为这种封闭性质,就使得组织较为严密,有益于贯彻策略。他们中间有个灵魂性人物,就是那个中学生,在家中排行第二,人们都喊二阿哥。他并不动手,只出智慧,在大弄堂口望风的人,就是他的安排。临到声东击西这一计,有他在场,方能够阵脚不乱,及时应对。当人们往大弄堂口迎战之际,他小跑着伴随一侧,好像运动场上的教练,军心就稳住了。

他们向弄口跑去,二阿哥一路指挥,拉开阵线,两边包抄,分别控制大弄口的大铁门,迅速合上,形成防御工事,同时,中间的一路则以肉身抵挡。这时,二阿哥看见队伍中的他,不禁呵斥道:紧要关头,你还带着小阿妹!他低头一看,身后竟跟着小孩,跟跄中企图拉他的衣襟。他让开她的手,疾步上前,冲到头阵,第一个与对方短兵相接,两人扑抱在一起,双方身后都有无数双手,横七竖八交织一起。两扇大铁门徐徐地推进,先将他们挤在中间,后又将肉搏军一并推出去,最终再将自己人扯回来,分成壁垒内外,敌我两部。看弄堂的老伯在人堆外面跳脚,两边都遭到谩骂,但到底有立场与职责的区分,还是奋力挤进人群,"哗"地拉开大门,对着弄外的起义军,怒道:小贼,谁人敢进来,试试看!话虽不多,却是搏命的气势,令人不由却步,于是,守军们大获全胜。回营途中,二阿哥专走到他跟前,问他:怎么带了个小阿妹?这一回是带了戏谑,人们都笑,在他脚跟寻找"小阿妹"。"小阿妹"早已不见,不晓得挤到哪个角落。他想分辩那并不是他的"小阿妹",与他毫无干系,可是,他这一张嘴,怎么抵得过二阿哥的嘴?这是个强权的世界,也是个清浊不分的世界,于是,便缄口了。这一天,还有更不幸的事情等待他,那就是母亲的责打。在下午的厮搏中,他新上身的米黄卡其夹克衫,揉搓成一团糟,肩和袖的连接处绽开了线。他回到家,还没来及央求祖母收拾,母亲已经进门了。方才说过,这家管教孩子是全弄堂的楷模,小孩子走出门来都衣衫整洁,行为端正。母亲气的不止是糟蹋了新衣服,更是从衣服的惨状推断出操守上的失态。这一场训子的代价是,生生打折一柄木衣架。

第二天,祖母上菜场买菜的路上,向左邻右舍报告了前晚的事,一半是心疼孙子吃苦,另一半是为家教而自得。于是,弄堂里都知道这孩子吃了通衣服架子,就有家长觉得前日责罚不够严厉,回家又再补上一顿。他却再也出不了门了,身上带着新鲜的受罚的痕迹,不在于肉体,而在于尊严。十来岁的男孩,几可算作少年,自觉还要更年长一些,已不适于打骂。可谁让他生在这样规矩大的人家,还有个饶舌的祖母。好在这一日是星期天,他可不出门,弄堂里的玩伴因晓得他吃了教训,也不敢上门叫他。到了下午,父母带他们兄弟到舅舅家玩,他不去,留下来与祖母在家。祖母在缝纫机上做衣服,他翻出旧有的连环画一本本从头看起,祖孙俩倒十分安静。祖母嘱他去厨房煤气灶上坐一壶水,他应声站起,去了厨房。此时已是三时许,阳光到了后弄,盛了煌煌的一弄,从门缝里溢进厨房。星期天的下午,总是清寂的,小孩被大人管束着,弄堂成了清平世界。他不禁向虚掩的厨房门外看了一眼,不料看见了小孩。她蹲在他家后门对面的墙根,大约已守候多时,这一刻嗖地站起,跑过来。她脸上的表情依然是热切的,不知事实如此,还是她有隐衷,从这表情里还看出一股痛惜。他突然发怒了,想到,倘不是她带领,他便不会卷进搏杀,亦不会有事后一连串的羞辱。他猛地将后门一把推上,随了门响,就听见一声凄厉的哭叫,晓得碰疼了小孩。可他没有一点害怕,一股子痛快劲儿从脚底升上头顶,从昨晚起直到现在的郁闷就此消散,他终于向这个世界的不公讨还了欠债。

  不晓得是不是因为受了撞,小孩从此不再跟他,有几回与他眼睛和眼睛碰上,很识相地速速让开,但是,二阿哥的戏谑却刚开头,有一次,他专门招小孩过来——二阿哥招谁,谁敢不过来?小孩站在二阿哥跟前,仰极了头才能看他,人群外面的小小孩都安静着。二阿哥让她叫自己"爷叔",小孩说:你不是爷叔,是二阿哥。大家都笑了,觉着这小孩果然有趣。平素小孩子一直渴望得到大孩子的青睐,此刻,却如同羊入狼群,让人捏一把汗。小孩子们退在墙根,一声不出。二阿哥说:你叫我二阿哥,那么叫他呢?二阿哥指着他。小孩看看他,眼睛暗了一下,不回答。二阿哥说:你应该叫他阿哥,叫!大家笑得更厉害了,他也笑着,脸上却是僵的。二阿哥又说了声:叫啊!小孩摇摇头,不做声。二阿哥多少有些没面子,就有人帮着胁迫小孩,令她叫一声"阿哥"。小孩却很固执,紧闭着嘴不叫。二阿哥就打圆场:算了算了,让她去!自己给自己解了围。小孩钻出人圈,跑了回去。

这一天,他们这些小孩子都聚在通往黑弄堂的夹弄口,越过夹弄向那一端张望着,兴奋地跳着脚。他们受黑弄堂的吸引其实是向大孩子学样,也说明黑弄堂的传统的继承性。这就像一个成长的仪式,小孩子必定要经过它才能长成大孩子。其时,大孩子们对黑弄堂已经有些不屑,他们漠然从夹弄口经过,而他却忽然产生一个问题,为什么进攻弄堂不从这条夹弄里突破?它完全敞开着,一无障碍。他的目光在夹弄里停留一瞬,收回来途中,经过那小孩,他看见小孩瑟缩的表情,她是怕定他了。他加快脚步,跟上人群,向前去了。

　　弄堂里的活动是呈周期性的,一段高潮过去之后,会有一段安静的时刻。在此阶段,弄堂里显得分外冷清。偶尔有孩子出门,在弄内走个来回,即便遇到某个昔日的玩伴,那玩伴的态度却是冷淡的,只得悻悻而归。这些形影相吊的独行者,更加增添了弄堂的寂寞。很难究其原因,可能是那些领袖型的人物生病或去亲戚家了,于是群龙无首;亦可能是学校课程进入关键阶段;再有,家长加强了管束。事实上,更可能什么原因也没有,只是一种类似潮汐的运动,潮起和潮落。弄堂也是有生态的,小孩子又是一种原始性很强的动物,在他们身上,往往会体现出自然的规律。在这样沉寂的时分,小孩子们分散在各个隐匿的空间,各自酝酿下一轮高潮的成因。这种酝酿是在不自觉中进行,完全是盲目的。可是,你说他们盲目吧,却又显现出一定的目的性,那就是当他们重新出山,竟然会趋于同一个方向。好像事先商量过一样，开始玩同一场游戏，说同一个口头禅，做同样的隐喻性的手势。这也是生态的关系，在同一种环境里，生长出同一种形态。这种分头酝酿的时刻，有些接近冬眠，幼虫在安眠中蜕化，青苗在安眠中分泌激素，各人在各人的窝里挣着，并着，努着劲，下一个大金蛋。这时候，那些走在弄堂里寻找玩伴和游戏的人，即便正在日头底下，也像是梦游，眼光迷离，最主要是，孤独。别人都在壳子里，只他自己，游荡在空旷的弄堂。弄堂里的院墙，楼体的壁，还有水泥地，干净得发白，变成一条白弄堂。

  这一日，他被祖母遣去买东西，此时，所有的孩子都变成乖孩子。他走出后门，拐出横弄，走到下一条横弄口，正走出了小孩，和她的母亲。小孩的手搀在母亲的手里，腰背挺得很直，目不斜视地走着，显得很骄傲。他大约高出小孩半个头，她的脑袋就在他眼睛下方，她梳着一种俗称"马桶盖"的发式，黑亮亮的头发与荷叶边的领口之间，露出一截细细的颈脖。他忽然感到手痒，极想在这颈脖上抽一掌。走到大弄堂口，他与她们分道扬镳。他过到马路对面的食品店，买来祖母指定的东西，然后穿回马路，走进弄堂。就在这时，他又看见小孩了，走在前面一米远的地方。这一回是她单独一人，母亲不见了。她手里握了一个碧绿的莲蓬，可是，并没有引起兴趣，任其垂下来，垂在格子背带裙的裥褶上。她低着头，佝偻着背，慢慢走着。显然，她被她母亲用一只莲蓬打发回来了，母亲一开始就没打算带她同行。他看出来，小孩在哭，不是像他撞疼她的大声的疾哭，而是饮泣。接近她家的横弄时，他加快了步子，走到她的旁边，与她并行。可是她并没有看见他，她对周遭一切都看不见，全身心地沉入在巨大的哀伤之中。他知道，小孩其实有着自己的世界，别人无法进入。

再看见小孩，已经是在弄堂生活的复兴时期了。所有的长中幼的孩子就像在一声号令下走出家门,如同久别的亲人,互相寻找,问询,招呼,聚成不同的群落。小孩也在其中,她比先前合群了,有了同伴,三五人头并头,脚抵脚,玩着一种残酷的游戏,就是水淹蚂蚁洞。他们用搪瓷杯接来自来水,小心注入墙角的蚂蚁洞,然后等待蚂蚁逃出洞口。水从洞口溢出来,将他们的鞋淹了,他们还不肯歇手,继续一杯接一杯地灌。小孩往返于自来水龙头和墙洞之间,激动得涨红了脸,当他走过,挡了她的路,她竟然发出一声吼叫:做啥!她完全不像受过伤的样子,小孩子真是没有记性的动物,可是他却从她身上看出一种戚色。这就是年龄的差别了,在他,已到了有理性的日子。正因为此,他收住脚步,让了她。

　　小孩已经放过了他,可是二阿哥却不放过。二阿哥心里对他是喜欢的,喜欢他带些寂然的安静。在这样青春期的年龄里,许多认识和感情都拥簇在一起,来不及一一安置,难免放错了位置。所以,二阿哥的喜欢是用残忍的方式表现出来的,他戏谑他。戏谑的内容就是关于这小孩。从这也反映出青春期的另一个特征,就是对男女生关系的兴趣。虽然小孩还算不上是个女生,可真正的女生不都在深闺中,绣着十字花,照着歌片唱电影插曲,或者叽叽喳喳说私房话。那些私房话连二阿哥的成熟度都没资格听的。也因此,倘若是一个真正的女生,二阿哥就要生怯了,他只有在这帮小男孩子里面称王,小孩子也窥不破他的虚弱。现在,二阿哥就专拿小孩和那男孩开心。来"官兵捉强盗",既不让"官兵"要他,也不让"强盗"要他,理由是,他带着个"小阿妹",很没劲。于是,他就被排除出了游戏,站了一会儿,兀自转身回家去。可是,二阿哥也不允许他回家,嘱人喊他出来观战。他不敢不出来,他有些怵二阿哥呢!所有的孩子都怵二阿哥!弄堂就是一个大欺小的社会,有一句歌谣唱得好:"大欺小,现世宝",以道德批判的方式指出了事实。二阿哥指定他站的地方，不让他妨碍游戏，也不让妨碍自己做裁判，于是，他成了一个永远不得解救的囚徒。他一个人贴边站着，脸上带着佯装的笑容，眼睁睁看着"官兵"和"强盗"厮杀过往。无论"官兵"还是"强盗"，都格外地兴奋，他的不幸使他们的幸福感成倍增长，他们夸张地笑和叫，渲染紧张激烈的气氛，好衬托出他的寂寞凄凉。二阿哥满意地欣赏着眼前的一切，这是他设计导演的戏剧场面，而他们，都是傀儡。

忽然间，他被碰了一下，转头看，是小孩，背着双手，倚墙站在他身边。他向旁边挪了挪，与她保持距离，表示两不相干。二阿哥却看见了，大声叫道：不许动！如火如荼的游戏刹那间停止下来，"官兵"和"强盗"全向这里聚拢来。二阿哥指着他：站回去！他转身要走，二阿哥不让，将他推到原来的位置上，与小孩站在一起。他挣扎着离开，不料小孩小跑着追过来，傍在他身边，背着双手倚在墙上，仰头看了二阿哥，带着明显的挑衅。他再挪开，她再跟来，眼睛一直望着二阿哥。人们已经笑得不行了，团团地围住他和小孩。二阿哥伸长手臂，撑在墙上，阻挡了他的去路，他无处可逃。他不恨二阿哥，他恨小孩，恨小孩的道义。这道义没有给他带来公正，反而是无尽的羞辱，他又没有要求过她的道义，完全是被强加的。为什么她要赖上自己，他又没有欠她什么！最终，他突破了包围圈，冲回家门。

  接下去的几天，他没有出门，二阿哥呢，也没让人去叫他，是有意地冷落他。那天，他没有给二阿哥面子，他冒犯了二阿哥，这不是他本心所愿，怪都怪那小孩，他心里恨恨的。门外传来同伴们的笑声，间或有二阿哥的声音，浑厚而低沉，已经完成了变声的男性的声音。他也听见小孩的声音，鸟语般啁啾里的一个——她为什么能出得门去？没事人似的。独独是他，在受舆论的责罚。弄堂生活的复兴时期，就像自然界里的春天，万物萌发，荷尔蒙勃然分泌，真是骚动！他的兄弟也在弄堂里尽情奔跑，所有的孩子都兴高采烈，唯有他——他坐在桌子边，眼睛对着书本和纸张上，外表很安静，心里却鼓噪着。他被这世界放逐了！他忍不住停留在厨房，从后门里往外窥觑。有一次，他的目光正对着小孩，看见小孩奋力踢一枚残破的毽子，鸡毛都秃了，有一支还折了茎。她踢得也不得法，每每落在地上，捡起来再接着踢。又要躲避大孩子们的腿脚，那是很粗暴的腿脚，都能把小孩子碾成泥。可是她并不在意，专心在自己的游戏中。他想，她玩得挺好。正这么想着，小孩却突然丢下毽子，朝后门奔来，赶紧地推门，她已经扑到门缝上，急促地说了一句：他不在！

  他知道小孩说的那个"他"是谁，因为被小孩看破心思而感到难堪和气愤，可是后弄里满是下午的金晃晃的光，对面院墙上的夹竹桃影都摇曳到他脸上。他心跳着，站了一会儿，定定神，推门走了出去。他带着一种故作的轻松，好像本来就要出去的样子，一只手斜插在裤兜里,甚至,另一只手还抬起来理了一下鬓角,就像二阿哥习惯做的。小孩并没有迎上来,而是退开去,表示与她无关。这一个小伎俩,表明了他与她之间有着一种默契。

　　他向他的玩伴们走过去,走进他们中间,没有人特别留意到他的出现。很显然,他们也没有特别留意他的不在场。他略有些失望,但总的来说是轻松了。他们聚在一起,没有特别的事要做,甚至于也没有什么可说的,只是头抵头站着,互相看着对方的鞋尖。这就是少年人的玩耍,他们都是将成未成的少年人。二阿哥果然不在,没有人提起他,非常隐约地,人群里传递着一种欣悦的情绪。人们克制着,但还是透露出笑容,在他们的年龄显得有些世故了。他一加入他们,很自然地,也浮上了这笑容。这时候,夹竹桃花叶间的光携了影,直接倾在他的身上、顶上,花蕊里那一股辛辣的气味,对驱除隔宿气特别有帮助。好像听到一声号令,低着的头全抬起来了,朝向一个方向。弄底一扇后门内,走出了二阿哥,后面走着他的母亲。

二阿哥穿一件咖啡格子衬衫,束在灰色哔叽呢西装裤腰里,肩上还挂着一副吊带。头发斜分,梳平,上了发蜡。这一身花哨时髦的装束并没有让他变得成熟,反是衬托出他的稚气。他低着头,不朝人们看一眼,在他这样的年龄,跟母亲出行是一件窘迫的事情了。他一改平素的油滑,老实得畏缩起来。人们不发一言,连幼小的孩子也都收起了游戏,敛声屏息,一起看他走过去,留下一个背影。忽然间,没有任何人起头地,人群爆发出哄笑。笑声里面是对权威的识破和反叛,那些小孩子也跟着笑,还跳起脚来。在众人的笑声里,二阿哥的背影转过横弄的墙角,消失了。

之后的日子里,小孩看见他,脸上是一种佯装的冷淡。她拿着自己的玩具,煞有介事地从他跟前走过,就好像没他这个人。可是,冷不防扭过脸,向他笑一笑。那笑容十分诡秘,似乎他与她的默契已经确定无疑了。他无从否认,也无从拒绝,只是不理睬,也装看不见。这样倒安静下来,两厢无事。

九月里的一天,他从学校回来,看见小孩走在前面,肩上斜挎了书包,晓得她上学了,做了学生。他的脚步大一些,很快就要超过她,她偶一回眸看见他,一下子绽开了笑靥,好像是为她的上学又高兴又害羞。她笑着转回头,改成一种跑跳步,一步一跃,速度加快,跑在了他前面。她跑几步,回头看看他,他扭过脸,装没看见。不知为什么,今天的弄堂这么清寂,其他人都没有来得及回家,只有他和她,一前一后地走。她又回头看他,然后再继续跑,一转身,进了一扇后门。他这才发现他拐弯早了,走进前一条横弄,这条弄堂里所有的横弄都一模一样。他气恼地转身向回跑,却与看管小孩的女人撞个正着,原来她是接小孩回家的。他狼狈地让开,不顾那女人看他,向自己的横弄里跑去,心里庆幸二阿哥不在场。二阿哥有一阵没出来了,即便从弄堂走过,也步履匆匆,一歇不停留,也不看大家。其实,大家都在等他,等他继续来统治他们,可他却拉不下面子。年长的人比年幼的更容易受伤,受了伤也更不容易痊愈。

新开学的日子,是弄堂里的淡季。经过一个散漫的假期,学校生活重新又充满了吸引力,小孩子们都在校园里活动。早上升旗仪式,在低年级的队伍里,也站着小孩。她对他显然淡薄了,因为有了新的同伴,还有老师,一年级的学生总是对老师无限巴结,而对其他人无限轻蔑。有几次,他看见那帮佣的女人跟在小孩身后,小孩跳着脚,不要她跟。女人欺骗地停下脚步,等小孩向前走时再又举步,小孩警觉地回过头来,于是又跳脚。周而复始,进一步,退两步,一直到校门口。和这样的人同处一个学校,他实在感到羞耻。幸好,再有一年,他就可以毕业,升入中学。

现在,小孩是骄傲的,她不是佯装,而是真的对他视而不见。她和她那些同年级小女朋友,勾肩搭背地进出,所玩的游戏也像样起来。她们的皮筋是双股的牛筋,一环一环穿起来,套着木头线轴,一边跳,一边唱:马兰花,马兰花,风吹雨打都不怕!皮筋和歌谣都是从她们的姐姐那里传下来的。她们自己也会制造游戏器材了,跳房子的纽扣串是整齐均匀的莲花似的一盘。在吃螺蛳的季节,就见她们四散开,埋头在弄堂的水泥地上疯狂地磨着螺蛳壳,磨出一个洞,好穿成溜滑的一盘。橄榄核是最上乘的材质,滑而坚硬,但磨起来的功夫也比较艰深,她们几乎是咬着牙,滴水穿岩地磨着。她们开始和男孩子划分界线,排斥比她们年幼的孩子,无论是男是女,当那些大孩子侵犯了她们的地盘,她们一边迅速让开一边嘴里嘟嘟囔囔,这一点抱怨之色说明她们长胆子了。就这样,弄堂生活再度兴起高潮,社会各阶层的力量消长变化着,恩怨情仇也消长变化。不知不觉，时间翻过了一个坎似的，分明只是数月前的事情，想起来却好像隔世。

这一日是星期天，他的父母带兄弟去苏州亲戚家，他总是不去。一是不愿随父母出行，二是不愿与兄弟轧道，宁愿和祖母在家里。到了下午，多少有些闷了，向祖母要了一角钱去买连环画。书店是在弄底小弄堂口的马路对面，就是他们抗击外来入侵者的要塞。星期天，小孩子大多被管束在家里，与家人在一起，弄堂里很清静。底楼院墙的树影已经疏落，晒白的地面上有了落叶，天空变大了，变高了，满是太阳光。空气里含了一丝沁甜，是无花果的香气。从室内方一走到室外，有些目眩，他闭了闭眼睛，渐渐适应了光线的亮和清澈，丝丝缕缕尽入眼睑，都看得见自己眼睛的影。他背了大弄堂的弄口向弄底去，远远看见小孩在夹弄口踯躅。他忽然想起了黑弄堂，黑弄堂被他们遗忘许久了，它沉默地横陈在夹弄那一端，勿管你记不记得它。小孩在夹弄口流连，涉水似的试图向里探进脚去，又收回来。有一次，她往里走了几步，最终还是退出来，脸上带着一种要哭出来的表情，是受着极大的蛊惑，同时又受着极大的惊惧。她看见了他，忽然转换成得救般的欣喜表情，向他招着手。他本来是装没看见的，可是她的脸和动作流露出特别强烈的激动，他禁不住走了过去。看他过去，她几乎是狂喜地奔来，差一点要扑到他身上，他让开了，兀自朝夹弄口走。他走得很快，她被甩在了身后。他径直走进了夹弄，一股阴湿的霉气袭来，然后有一面蛛网被他撞破了。他抬手在脸前挥了一下，什么也没有，这时他感觉到了黑弄堂的鬼魅。可是，夹弄两头都是璀璨的日光，顶上那一线天又高又蓝，身后还有一个小孩。他没回头，却知道她在身后。有一回，她伸手拉他的后衣襟，被他机敏地闪开了——即便在这夹弄里，笼罩着鬼魅的气息，他依然有着如此的机敏。以后，她就不再作尝试了，而是很乖地跟在身后。他们一前一后，脚分开踩着干沟的沟沿,这样的步子很妨碍速度,可是一步一步,已经走过了夹弄的一半。现在,退路比进路更远,他们没有回头路,只有向前去了。

明渠的底部覆盖着尘土,有细小的虫类被他们惊起,急促地爬行。成群的飞虫从眼睛前过去,拂在脸上,如烟一般。现在,接近弄口了,从夹弄那端遥望着不可企及的这一端,越来越接近了。终于,一片光明扑面而来。他们出了夹弄,站在又一条弄堂里,就是著名的黑弄堂,有着世代传说、扑朔迷离的黑弄堂。他们站在人家的弄堂里,茫然四顾。这条弄堂应是与他们的横弄平行,他们从夹弄出来,所面对的是这弄堂的前弄,一列黑色的石库门洞关闭着,如同惯例,人们多是由后门进出和活动,于是,前弄少有人迹。这条弄堂总体规模不像他们弄堂庞大,没有横弄,直弄亦不出十幢,但是,楼体高大,格局整肃,气象就森严许多。他们站了一时,朝弄口走去。小孩安静着,似乎被眼前景象威慑，她木木地跟在他身后。他的眼睛里已经没了她，也是被这黑弄堂震慑住了，并不是为它的异常，而是相反，它竟然与所有的弄堂无大异。

他们走到黑弄堂的弄口，更大的震撼发生了，弄口的马路竟然是如此熟悉的一条，正与他们的小弄堂口相邻，他要去买连环画的书店就在斜对面。书店旁边是菜场尽头的肉摊，砧板在阳光底下，有几只苍蝇在嗡嘤，都嗅得到生肉和木屑的气味。还有碗店，小百货店，沿街的住家，日常起居就在街面展开。这是一条嘈杂的小街，生活气氛格外蒸腾，向他们进犯的孩子就是从这条街上杀来。往日里稔熟的景象在此时又显得陌生，他们重新审视着其实无数次地走过的这个弄口，弄口挂着"注射"和"编结"的招牌，原来这里面就是黑弄堂！一个魔咒破除了。他欣然地回头看看小孩，小孩完全糊涂了，不晓得这街景是陌生是熟悉，一会儿朝东看，一会儿朝西看。他伸出手，手指头钩住小孩背带裙的两条背带，向上提了提，小孩也没有觉察。他们这一大一小沿街站着，往日的离隙弥合了，可也只是这么短暂的一瞬，接着，他将进入中学，成为二阿哥那样骄矜的青年。她呢，则成为真正的女生，弄堂里再见不着她。再然后，他会长成如何俊朗的男子！而她，淑女窈窕。从此以后，不知道什么时候才能邂逅。